햄릿의 망설임과
셰익스피어의 결단

L'Hésitation d'Hamlet et la décision de Shakespeare

by Yves Bonnefoy

copyright © Éditions du Seuil, 2015

Collection La Librairie du XXIe siècle, sous la direction de Maurice Olender.

Korean translation copyright © HanulMPlus Inc., 2017

All rights reserved. This Korean edition was published by arrangement with
Éditions du Seuil.

이 책의 한국어판 저작권은 Seuil와의 독점계약으로 한울엠플러스(주)에 있습니다.

저작권법에 의해 보호를 받는 저작물이므로 무단 전재와 무단 복제를 금합니다.

이 도서의 국립중앙도서관 출판예정도서목록(CIP)은 서지정보유통지원시스템 홈페이지 (http://
seoji.nl.go.kr)와 국가자료공동목록시스템(http://www.nl.go.kr/kolisnet)에서 이용하실 수 있
습니다. CIP제어번호: CIP2017011879(양장), CIP2017011880(반양장)

햄릿의 망설임과 셰익스피어의 결단

L'Hésitation d'Hamlet et la décision de Shakespeare

프랑스 시문학의 거목,
이브 본푸아가 바라본 **햄릿**
그리고 **셰익스피어**

이브 본푸아 지음 | 송진석 옮김

일러두기

이 책의 각주는 독자의 이해를 돕기 위해 옮긴이가 덧붙인 것입니다.

헤카베가 그에게, 또는 그가 헤카베에게 무엇이기에

그는 그녀를 위해 눈물을 흘리는가?

『햄릿』 2막 2장 559~560절

What's Hecuba for him, or he to Hecuba,

That he should weep for her?

Hamlet, II, 2, 559~560

차례

1장

햄릿의 망설임
L'hésitation d'Hamlet

1

몇 가지를 지적해보고자 한다. 이 몇 가지는 내가 너무나도 자주 떠올리는 자명한 사실이지만 셰익스피어William Shakespeare를 이해하는 데 필수적인 것이다. 우선 실존과 세계에 대한 우리의 지각에서 확인되는 괴리가 있다. 우리는 하나의 순간, 하나의 장소에서 산다. 우리가 알아야 할 그 같은 이중의 한계는 우리의 유한성으로 이어진다. 인간 존재에게, 말하는 존재에게 현실이란 그를 죽을 수밖에 없도록 하는 시간이고, 그의 계획에 제동을 거는 우연이다. 또한 그것은 과도함이나 지혜를 갖고, 자기중심주의나 사랑을 갖고, 그가 절대로 벗어날 수 없는 조건을 관리하는 방식이기도 하다.

그러나 장소를 조성하고 시간을 유리하게 만들기 위해서는 사물들의 양상을 의식해 그 활용을 용이하게 하고, 이러한 부분적인 파악들을 동일한 종류의 다른 파악들과 비교하며, 사건들의 진행 법칙을 발견해내야 하는데, 이는 직접적이고 충만한 방식으로 이해될 수 있는 것을 필연적으로 불완전한 단순한 형상들로 대체하는 일로 나타난다. 이 대체는 개념적 사고로서 양상들의 이름은 붙이지만 그 아래에 있는 존재들의 이름을 붙이는 것은 잊어버린다. 따라서 우리는 우리 안에 두 개의 층위를 가지고 있는 셈이다. 우리는 직접성의 세계에서 우리의 육체, 우리의 감정을 산다. 하지만 우리는 분석적 사고가 구축하는 공간에서 생각하고 행동한다. 랭보Arthur Rimbaud로 하여금 "진정한 삶이 부재한다"라고 말하게 만든 지속적인 불안정은 이와 같은 사실에 연유한다. 이러한 괴리로부터 얼마나 많은 드라마가 생겨나는가! 그리고 얼마나 많은 질문이 생겨나는가!

셰익스피어의 역사극, 예컨대 『헨리 4Henry Ⅳ』에 나오는 것 같은 중세사회를 생각해보자. 핫스퍼나 할 공작이 사는 세계는 어떤 세계인가? 거기서 라이벌을 암살해 얻은 영광과 그렇게 획득한 권력의 중대만큼 가치 있는 것은 아무것도 없다. 부조리한 전투에서 스러지는 수많은 사람들의 목숨, 여자들의 고통, 그리고 이들의 무기력한 항의는 아무 가치도 없다. 요크 주교에게서 볼 수 있는 것처럼 종교 자체도 강자들에게 봉사하는 도구에 불과하다. 따라서 이러한 세계의 질서를 비판하는 것은 정당하거니와, 이는 그 가치를 짊어지기에 앞서 망설이는 할 공작의 망연자실과 그의 동조자 폴스타프의 시니컬한 부도덕을 설명해준다.

사실 몇 가지 태도가 가능하다. 먼저 재현, 가치를 개선할 수 있다는 입장이 있다. 하지만 옛 접근의 개념적 차원에 머무른다면 그것은 하나의 세계-도식을 다른 세계-도식으로 대체하는 데 불과할 것이다. 이때 역사를 통해 끊임없이 확인되는 불안이 오게 되는데, 이 불안은 개혁을 가장 열망하는 정신들에게서 명석함을 빼앗고, 심지어 관대함까지 빼앗는다. 이런 점 때문에 어떤 이들은 영웅적인 모습으로 나타나는 과거에 대한 충실함 속에서 경직된다. 그들은 그들의 눈에 근거가 있는 것으로 보이는 가치들을 보존하는 것이 위대한 일이라고 생각한다. 그 가치들에 결속되어 있다고 주장하는 다른 사람들을 더 이상 믿지 않음에도 불구하고 말이다. 이러한 존재 방식에는 자기중심주의가 없지 않다. 왜냐하면 그것은 고독을 느끼는 내가 결정한 것이기 때문이다.

한편 다른 사람들은 옛 질서의 기표들 가운데에서, 새로운 것으로 간주되는 세계를 지을 자재를 퍼올릴 것이다. 하지만 그들의 욕망에 부합하는 이 땅과 이 하늘은 꿈꾸어진 것에 불과하다. 그것도 오로지 그들에 의해서만 말이다. 이는 다시 한 번 자기 안에 갇히는 방식인데, 그 세계는 그들이 상상은 하되 믿지 않는 가치의 산물 외에는 아무것도 아니기 때문이다. 이 꿈꾸는 이들 가운데에는 자주 예술가들이 있고, 그들은 그들이 입증할 수 있다고 스스로 평가하는 하나의 선(하나의 이상이라고 보들레르Charles Baudelaire는 말했다)을 열망한다. 하지만 더 많은 것은, 자기에 대한 새로운 집중을, 비천한 소유 충동에 거리낌

없이 몸을 던져도 좋다는 단순한 허가증 정도로 간주하는 사람들이다. 『햄릿Hamlet』에서 이 종류에 해당하는 것이 바로 클로디어스의 냉소주의와 행위들이다. 하지만 다른 종류의 반응 역시 가능하다.

그것은 이런 것이다. 다시 말해 개념에 의한 사유가 말하는 존재로 하여금 그의 유한성을 살지 못하도록 만드는데, 그것은 사유의 성질 자체에 말미암았다는 사실을 이해하는 것이다. 그런데 어떤 결과가 초래되는가! 개념, 사유 등 모든 정신의 장치는 대번에 붕괴되고, 비의미와 비존재 외에는 아무것도 남지 않을 수 있다. 그리고 하나의 심연이 입을 벌리는데 그 가장자리에는 단어들의 갑작스러운 침묵이 자리 잡고, 이제는 형이상학적 마비상태와 현기증만 남는다.

그러나 이 어둠에는 하나의 희미한 빛이 존재한다. 실제로 네르발이 말하던 물망초, 곧 "나를 잊지 말아요"라고 속삭이는 꽃, 달리 말해 더불어 새롭게 말하며, 적어도 처음에는 사물과 필요의 소박한 지시에 단어들을 돌려주는 일을 함께 결정할 수 있는 존재들을 자기 곁에서 발견할 기회가 거기에 있지 않겠는가? 물론 이때의 말은 생존의 과제를 위한 결속의 말이다.

이러한 인식, 이러한 결정, 이러한 일, 우리는 그것들이 사랑이라고 말할 수 있다. 왜냐하면 그것들은 다른 존재들로 향해 가는 도약으로부터 태어나기 때문이다. 그러나 나는 그것들을 시詩라고 부를 것을 제안한다. 왜냐하면 그것들이 실재가 결여되었음을 아는 단어들의 사용을 다른 단어들의 사용으로 대체하기 때문이다. 시의 바람, 그것은 단어들의 개념화된 층위를, 자기를 의식하는 실존의 때와 장소와 곧장 통하는 지시적 층위로 교체하는 것이다. 시는 이러한 방식에 따라 절망의 부름을 거절하는 결속의 대의에 봉사할 수 있는 방법을 찾는다.

하지만 셰익스피어와 관련해 어째서 이러한 고찰들을 시도하는가? 그것은 내가 보기에 그 어떤 다른 접근보다 그의 생각, 특히 『햄릿』을 잘 설명해주기 때문이다. 그리고 여러 면에서 이제는 흘러가버린 시대의 저자가 (이것은 사실인데) 우리에게 그토록 가깝게, 그리고 그토록 흥미진진하게 남아 있을 뿐만 아니라 그토록 분명하게 지금 우리 어둠의 증인인 동시에 우리에게 아직 남은 희망의 전달자인가 하는 점을 이해하도록 도와주기 때문이다.

2

"거기 누구냐?(원문: Who's there?)" 『햄릿』의 맨 첫 부분에서

이 질문이 던져지고, 우리는 이 질문이 향하는 대상이 겨울밤에 아직 형체가 불분명한, 막 도착한 병사가 아니라 어제도 나타났고 오늘 저녁에도 나타날, 더욱 두텁고 더욱 불안한 어둠에서 다시 한 번 올라올 유령이라는 사실을 금방 깨닫는다. 그것은 최근 엘시노어에서 죽은 왕의 혼령으로 그 왕은 아마도 절대적인 권력을 행사했을 것이다. 그의 갑옷과 그가 발설할 단어들 때문에, 그의 존재는 셰익스피어의 『헨리 4세』와 다른 역사극들이 상기시키는 세계의 질서, 곧 목적도 의미도 없는 폭력, 불필요한 전투, 진리 없는 영광의 매듭을 의미한다.

이 유령 앞에서 햄릿은 무엇을 할 것인가? 우선 그는 그의 아버지가 대변하는 가치에 전적으로 동의하는 것처럼 보인다. 그는 정의의 권고를 받아들이고, 모든 헌신의 단어들을 다 동원해 그의 원수를 갚겠다고 말한다. 하지만 만남 직후에 햄릿이 그에 대해 던지는 기이한 농담들을 어떻게 생각해야 할까? 그는 유령을 "늙은 두더지"나 "지하의 친구"라고 부른다. 그가 걸쳐야만 한다고 말하는 광기의 망토는 아버지에 대한 충성의 욕망과 억누를 수 없는 거부 사이에서 그가 겪는 격렬한 갈등을 감추기 위한 것이 아닌가? 햄릿과 그의 아버지 사이의 관계는 대번에 양가성을 띤다. 그가 아버지에게 품는 감정은 끝내 억누르지 못하는 엄격한 판단에 의해 반박된다. 그는 노인이 표방하는 도덕적 가치를 의심하지 않는 듯 보인다. 따라서 이 판단은, 유령의 무장이 그가 거둔 승리를 암시하며 상징하는 사회의 종류, 세계관에 관련된다고 생각해야 한다. 햄릿은 그의 말에 따르건대 "무엇인가가 썩은", 그리고 자신이 태어난 엘시노어에서 그 질서를 문제 삼는다.

햄릿은 한 사회, 다시 말해 그 사회의 신념과 가치의 파탄을 감지한다. 그러므로 우리는 그가 머릿속에 다른 사회를 가지고 있으며 모든 것을 부정하는 대신 질서를 다시 세우는 것을 과제로 삼는 이들 가운데 하나가 될 것이라고 가정해볼 수 있다. 햄릿은 비텐베르크에 있는 루터와 종교개혁의 대학에서 공부했고, 이 종교개혁은 기독교를 부분적으로만 쇄신하고자 했다. 햄릿은 지적인 만큼 (그리고 오필리어의 말에 따르면 오랫동안 우아함의 결정자였던 만큼) 에라스무스Desiderius Erasmus의 지혜나 몽테뉴Michel De Montaigne의 아이러니가 완화시킨 르네상스의 정신으로부터 숙고된 쇄신의 기획을 자기 것으로 삼을 수 있을 것이다. 하지만 셰익스피어는 이런 방식으로 햄릿을 이해하지 않는다. "단어들, 단어들, 단어들" 하고 햄릿은 폴로니어스에게 자신이 읽는 것에 대해 말한다. 책은 진리를 담고 있지 않다. 거기에 담긴 단어들은 가식에 불과하다. 작품의 이 지점에서 그의 생각이 갖는 특수한 의미가 무엇이든, 우리는 여기서 그 생각이 한 문화의 원칙과 가치를 훌쩍 넘어서는 어떤 것을 문제 삼고 있음을 느낀다.

"최근 들어, 그게 어째서인지 알 수는 없지만, 나는 모든 즐거움을 잃어버렸고 늘 하는 운동마저 그만두었네. 실제로 내 기분이 어찌나 황량한지 대지라는 이 감탄할 만한 건물이 불모의 곳처럼 보이고, 그토록 경이로운 (안 그런가?) 이 하늘의 닫집, 이 멋진 창공의 궁륭, 황금 불꽃들로 장식된 이 존엄한 지붕, 그래, 이 모든 것이 내게는 이제 페스트균을 품은 끔찍한 증기 덩어리에 불과할 뿐이라네." 이것은 옛 학우 두 명이 예기치 않은 방문을 했을 때 그것에 자극받아 성찰하게 된 햄릿의 말이다. 내가 햄릿의 말을 이토록 길게 인용한다면, 그것은 한 세기의 자의식에서 주목할 만큼 새로운 방식으로, 존재와 비존재의 경험이 이번만큼은 정말로 근본적인 양상 아래 모습을 드러내고 있기 때문이다. 창공의 멋진 궁륭, 별, 그들의 음악, 이것들은 시간에 대한 사유가 품는 더욱 의미 있고 더욱 실제적인 것, 다시 말해 인간의 시간을 신의 초시간성에 연결하는 '이음새'이다. 따라서 그것들의 붕괴는 모든 재현, 모든 가치의 파탄이며, 이제 최소한의 빛의 흔적마저도 사라져버린 밤을 말할 수밖에 없다. 이 말을 하는 햄릿은 부족한 도그마와 원칙에 대한 단순한 잠재적 개혁자가 아니다. 그는 '미지의 고

햄릿의 망설임과 셰익스피어의 결단

장'에 접근하는 것이며, 이 고장은 신이 설명을 제공하는 죽음
이 아니다. 그것은 무無이며, 그 심연에서는 신 자신이 침몰한다.

그러나 절대적인 듯 보이는 이 절망의 경험에 대해, 나는 조
금 전에 극복이 가능하다고 말했다. 비존재의 문턱에서 비틀
거리는 사람에게 극복이란, 이전이나 지금의 삶의 관심(사랑하
는, 단지 사랑하는 어떤 존재)에 매달림으로써 새로운 하늘과 새
로운 대지를 구축하는 하나의 결속을 기초하는 것이다. 한데
모든 것에 대한 그의 평가절하에도 불구하고 햄릿은 누군가를
사랑하는 것처럼 보인다. 이는 그가 그렇게 완수하고자 하는
것이 바로 이러한 회복이 아닌가 묻게 만든다.

3

햄릿이 연약한 오필리어에 대해 갖는 관심은 아마도 그의 당혹
스러운 존재방식의 단순한 양상과는 거리가 멀 것이다. 그것
은 구원을 가져다줄 결속이 그에게서 취하고자 하는 형태이다.
그리하여 햄릿의 '플롯plot' (복수의 계획과 그가 맞닥뜨리는 이상
한 장애물들) 아래로 하나의 '잠재 플롯subplot'이 모습을 드러내
는데, 이는 작품의 변전과 그 의미의 이해와 관련해 핵심적인

요소로 작용할 수 있다. "불모의 곳"에서 햄릿의 주의를 사로잡는 오필리어는 그에게 재난 한가운데의 미래가 될 것이고, 그는 그녀와 더불어 자신의 모순, 자신의 억압을 끝낼 수 있을 것이다.

  오필리어를 사랑하는 것, 이 사실을 통해 빈곤하고 환원적인 읽기 아래로 삶의 의미를 되찾는 것, 이것은 햄릿에게 아버지의 복수를 위한 최상의 방법일 것이다. 그는 특정 인물의 희생자이기보다 그릇되고 거짓된 세계의 질서가 갖는 숙명의 희생자이기 때문이다. 사실 노인은 자기 아들에게 좀 더 근본적인 정의를 요구한다. 인간의 세계라고 하는, 그가 몸담았던 이 비실제적인 세계에서 여성은 의심받고 두려움의 대상이 되며 '다크 레이디dark lady'로 결정되어 음탕한 유혹의 책임자가 될 수밖에 없다. 이 모든 것은 햄릿이 자기 어머니 거트루드에게서 보려고 하는 바인 까닭이다. 완연한 감정의 동요와 함께 유령은 이렇게 말한다. "네 영혼을 더럽히지 마라. 네 어머니에게 아무것도 하면 안 돼." 그녀를 자기의 잘못 앞에 놓는 것은 오로지 하늘, 그리고 그녀 스스로의 후회이지 단숨에 그녀의 자아를 박탈하는 사회의 법이 아니라는 것이다. 거트루드에게 아무것도 하지 말 것을 자기 아들에게 요구하면서 희생자인 왕은 그녀 또한 희생자로 간주한다. 그는 자신이 여전히 준거로

삼고 있는 가치들을 비난하며, 거트루드는 무사하되 이 비실제
적인 가치, 이 해로운 편견들이 마침내 타파되었을 때에만, 생
명까지는 아니어도 적어도 자신의 존재를 회복할 수 있음을 깨
닫는다.

새로운 대지와 새로운 하늘을 세울 결속에서 여성은 찬양하
고, 나아가 우상화하기에 편한, 그러나 금방 조롱당하는 하나
의 이미지이기를 그치고 공동의 기업에 십분 협력할 것이다.
따라서 심연 가장자리에서 비틀거리는 정신을 보여주는 이 비
극에서 여성이 필요한 양상 가운데 하나로서 행위 한가운데 나
타나는 것은 논리적이다. 하지만 그녀는 곧 잃어버린 하나의
커다란 기회에 불과하다는 사실을 확인해야만 할 것이다.

햄릿은 오필리어를 사랑했던가? 그리고 그녀와 더불어 세계
를 재창조할 준비가 되어 있었던가? 그렇다. 묘혈 앞 진실의
순간에 그는 명백히 진지하고 대단히 감동적인 방식으로 그것
을 외칠 것이다. 거기서 너무 늦었다는 사실을 깨달은 그는 대
번에 죽은 오필리어 곁으로 뛰어내릴 것이다. 여기서 작품에
대한 주된 지적들 가운데 하나를 하자면, 그는 첫 만남부터 부
단히 처녀를 하나의 단순한 이미지로 대체했다. 이는 그로 하
여금 그녀를 "영혼의 우상, 신성한 여인, 지극히 아름다운 여
인"으로 만들어주었지만, 그럼에도 불구하고 그녀가 어쨌거나

갖고 있는 현실, 곧 하나의 육체, 또는 보통의 욕망과 함께 지금 여기 있는 실존 앞에서 완전히 무방비 상태가 되도록 만들었다.

그러한 방식으로 생각하는 것, 그것은 다시 말해 경멸의 대상인 만큼 통제할 수 없는 욕망의 대상인, 이해할 수 없는 육체에 매혹된 채 짧고 어두운 방식으로만 사랑하는 것이었다. 햄릿이 "조끼 단추를 열고" "양말에는 대님도 매지 않은 채" 오필리어의 손목을 잡고 세게 껴안았다가 "몸을 부서뜨릴" 것 같은 한숨을 쉬고 도망쳤던 날, 그는 그녀를 강간했던가? 정신착란 상태에서 억압된 기억이 되살아나고 있는 오필리어의 노래 또한 같은 생각을 하게 만든다. 이 노래는 달콤한 약속으로 속이고 넘어뜨리고 처녀성을 빼앗은 뒤 금방 버리고 멸시한 처녀를 상기시킨다.

셰익스피어는 이 강간을 작품의 경제에서 입증이 가능한 사실 가운데 위치시키지 않는다. 그러나 그가 그것을 염두에 두고 있었던 점, 그것의 의미와 숙명성을 어쨌거나 확인했다는 점은 의심의 여지가 없다. 왜냐하면 두 사람 모두를 부서뜨리는 중요한 장면에서, 나중의 노래에서 청년이 그리하듯, 햄릿은 유혹적이고 거짓되며 "수녀원", 매춘에나 어울린다고 오필리어를 비난하기 때문이다. 페트라르카Petrarca 식의 이상화는 햄릿을 가장 거친 충동 앞에서 아무런 대책도 없는 상태가 되게 하고, 많은 꿈꾸는 이들처럼 그는 자신이 변모시킨 여인이 자신이 믿었던 모습에 어긋난다고 힐난한다. 햄릿은 오필리어를 사랑했다. 하지만 그는 자기의 상상이 만들어낸 그녀의 모습을 경계할 줄 몰랐기 때문에 그녀를 잃어버리고 만다. 여기서 우리가 발견하는 것은 거의 예술가적 면모로서 들라크루아 Eugène Delacroix나 말라르메[1]의 눈에 햄릿의 가치를 크게 더해줄 것이다.

그의 예술가적 면모? 그것은 스스로를 보는 멋진 방식이다. 그러나 한층 어두운 방식도 있다. 그것은 "존재냐to be"와 "비존재냐not to be" 사이의 망설임 속에서 스스로를 정신의 근본적 사실의 희생자이기보다, 자기 주위의 많은 이들처럼 뿌리 깊게 나쁜 존재로 상상하는 것이다. 작품에 간간이 나오는 독백들("나, 나, 무기력하고 둔하고 비겁한⋯⋯")은 스스로에 대한 이 시선을, 적어도 거기에 스스로를 방기하는 것에 대한 두려움을 증명하는 듯 보인다. 이 두려움은 햄릿을 내성적인 자기 관찰

---

1 스테판 말라르메(Stéphane Mallarmé, 1842~1898)는 프랑스의 상징주의 시인이다. 말라르메에게 "르포르타주 언어"는 "시의 언어"와 대비되는 보편적, 개념적 언어이다.

로 이끈다. 그의 격앙된 자기의식, 이따금 드러나는 끔찍함, 이따금 드러나는 막연한 희망을 우리는 그의 성격의 두드러진 특징으로, 그리고 그의 행동의 어떤 양상들로 간주해야 한다. 예컨대 그의 아버지를 살해한 자와의 관계에 대한 설명 등으로 말이다.

4

아버지를 살해한 자는 쉼 없이 그의 머릿속을 맴돌며 그에게 증오와 원한의 대상이 된다. 하지만 그것은 생각처럼 단순한 방식으로 이루어지지 않는다.

찬탈자이자 새로운 군주인 클로디어스는 햄릿의 뇌리를 떠나지 않고, 유령이 나타나기 전부터 그를 매혹한다. 셰익스피어가 작품의 첫 부분에 위치시킨 대면의 순간이 그것을 입증한다. 어째서일까? 그것은 확실히 첫 번째 "극 중의 극"으로서 명백히 남용된 정당성에 대한 표명을 표면적인 자신감과 함께 연출하는 클로디어스의 방식 때문이다. 이 자신감은 정확히 그의 조카에게 결여되어 있으며, 후자는 그로 인해 끔찍한 고통을 겪는다. 이 자신감, 그리고 그것이 수반하는 승리와 축제의 부분(호레이시오는 왕이 "향연"을 벌인다고 말한다)을 거부하는 것이 바로 햄릿이 걸친 검은 망토인데, 이 또한 하나의 과시이고 연출이기는 마찬가지다. 이러한 사실로 벌써 엿볼 수 있는 것은 햄릿 역시 클로디어스가 결단하는 차원에 머무르고 있다는 사실이다. 이는 셰익스피어에게서 햄릿이 그 배반자, 살해자와 근친성을 느낀다는 점을 암시하는 하나의 방식이 아닐 수 없다.

실제로 적이어야만 하는 그 둘 사이에는 얼마간의 유사성이 있고, 햄릿도 그 점을 의식할 수밖에 없다. 심지어 햄릿은 클로디어스가 자기 아버지의 암살자임을 깨닫기 전부터 (햄릿이 그것을 예감했던 것은 사실이니, 그의 "영혼"은 "예언"의 힘을 갖고 있다) 클로디어스에게서 왕관을 훔칠 정도의 시니컬한 탐욕을 보았고, 그래서 클로디어스가 현재 작용하고 있는 세계의 질서를 조금도 믿지 않는다고 결론지었을 것이다. 따라서 아무도 그 질서를 문제 삼지 않는 엘시노어, 심지어 그것을 변호할 폴로니어스까지 버티고 있는 엘시노어에서 자신과 클로디어스는 가깝다는 사실, 그리고 그들만이 그렇듯 근본적인 의식을 지닌 사람들이라는 사실을 확인해야만 했을 것이다.

그러나 이 근친성에는 (적어도 햄릿은 그렇게 생각하고자 하는데) 하나의 차이가 나타나고, 이 차이는 본질적일 수 있다. 두 사람 모두 사실 자체인 듯 보이는 것이 허상이나 근거 없는 외양의 그물에 불과하다는 사실을 알고 있으며 적어도 그렇게 생각하려고 한다. 하지만 햄릿은 그러한 가치의 붕괴로 인해 고통스러워한다. 그가 "늙은 두더지"를 비웃어본들 부질없는 일이다. 그는 자기가 비웃는 노인과의 끈을 유지한다. 그는 노인이 어머니에 대해, 동정에 대해, 그리고 그가 그녀에게 느껴야만 하는 존경에 대해 말하는 것을 주의 깊게 듣는다. 그리고 자신이 비난하는 사회의 편견에 불과할 뿐임을 잘 아는 여성에 대한 충동적 견해들로 오필리어를 괴롭히면서도, 실상은 자신을 찢어놓는 그 발톱들에 사로잡힌 채 몸부림친다. 햄릿은 자신이 죄인임을 알고 체감하는 것이다. 이와 달리 클로디어스는 고통스러워하는 대신 오히려 그 허망한 가치와 판단들을 이용하고, 그 어떤 종류의 회한도 느끼지 않은 채 거기서 자신의 이익을 끌어낸다. 이러한 사실 때문에 어쨌거나 진짜 범인은 클로어디스가 될 것이다. 클로디어스를 바라보는 햄릿의 불안한 시선은, 그들 모두 믿지 않기는 마찬가지이지만, 클로디어스는 이익을 취하는 자인데 반해 고통스러워하는 연인이자 망설이는 아들인 자신은 결국 희생자임을 확신하고자 한다.

그런데 정말로 그러한가? 햄릿이 느끼는 매혹은 더 깊은 이유를 갖고 있지 않을까? 그리고 그러한 이유는 그의 고통의 진짜 근원이 아닐까? 사실 햄릿은 자신이 희생자이되, 그가 믿지 않는 판단과 가치를 클로디어스와 마찬가지로 이용하고 있다고 생각해야만 한다. 햄릿은 그것을 권력에 이르는 길로 삼으려 하지는 않는다. 하지만 오필리어와의 관계를 파탄내기 위해 그것들을 이용하면서 하나의 욕망, 곧 비존재의 욕망, 또는 오로지 자기 꿈속에만 웅크리고자 하는 게으름을 만족시키고 있지는 않은가? 요컨대 햄릿은 호두껍질 속 무한한 공간의 왕을 꿈꾸고 있는 것이다. 이러한 사실 때문에 다시 말해 클로디어스처럼 자기의 이익을 충족시키려고 애쓰면서 햄릿은 클로디어스와의 차이를 잃어버린다. 그가 지향하는 선은 살아내기가 힘들고 불편하며 고백할 수 없는 것이다. 그것은 권력과 왕위의 화려함이 주는 기쁨과는 정반대의 것이다. 하지만 어쨌거나 그것도 자기중심주의이기는 마찬가지다. 필요한 재건을 위한 위대한 행위는 그와 달리 자기 밖의 다른 존재를 향한 도약이다. 햄릿은 자신이 또 다른 클로디어스임을 느낀다. 바로 여기에 그가 느끼는 매혹의 원인이 있다는 것이 나의 생각이다.

이 매혹은 햄릿의 모든 행위에 부담을 지우는 효과를 갖고 결과적으로 작품의 행위 전체를 결정한다. 우선 그것은 복수의 완수를 방해한다. 큰 죄를 지은 것은 틀림없지만, 자기와 마찬가지로 이기주의에 이끌려 그렇게 움직인 사람을 어떻게 죽일 수 있단 말인가? 하나의 문제, 햄릿과 클로디어스 사이의 유사성에 대한 생각과, 그를 살려두고 관찰할 필요를 더욱 가중시키는 다음의 문제가 제기되기 때문에 더욱 그러하다. 명석함으로부터 이익을 끌어내는 자(그가 그것을 느끼는 것이 죄가 되지는 않는다)는 정말로 오로지 저열한 인간에 불과할 따름인가? 그에게도 진정한 질서에 대한 열망이 남아 있지 않을까? 이 점에서 클로디어스는 한층 더 햄릿에 가까워질 것이다. 그는 어쩌면 행동으로 이행하는 대신 계속해서 자기에 대해 생각하기 위해 햄릿이 지니고 있는 것이 나은 거울일지도 모른다. 다시 말해 클로디어스는 햄릿에게 "존재냐", "비존재냐" 사이의 선택을 유예할 기회가 될 수 있는 것이다.

클로디어스는 때때로 그의 의식을 표지를 통해 내비쳐야만 한다. 그가 계속해서 햄릿이 필요로 하는 거울이기 위해서는 자문관, 대사, 장관들 앞에서 으스대는 공인의 모습으로 나타나는 것만으로는 부족하다. 갑옷을 입고 나타난 죽은 왕만큼이나 견고하게 자신을 가리고 있는 존재를 꿰뚫어봐야 하는데, 이것은 햄릿이 곧 구상할 기획, 즉 왕과 왕비를 위시한 전체 궁정 앞에서 공연될 연극의 덫에 클로디어스가 걸려들게 할 기획을 설명해준다. (나는 추후에 이 부분을 다시 언급할 것이다.) 한 배반자가 왕을 죽이고 왕비에게 구애하는 모습, 즉 그의 중죄의 이미지를 햄릿은 예기치 않은 방식으로 클로디어스에게 보여주면서 반응을 유발하려고 한다. 햄릿은 이 반응이 하나의 자백이며, 자신에게 복수를 허락해줄 것이라고 되뇐다. 하지만 아버지의 폭로로 클로디어스가 암살자임을 잘 알게 되었는데 어째서 고백이 필요하단 말인가? 그리고 자기가 원하는 대로 왕이 반응하는 것을 보았을 때, 햄릿은 이전보다 더 강하게 그를 죽이려고 시도할 것인가? 그렇지 않다. 햄릿은 클로디어스가 죄인임을 인정하도록 강제하려고 애쓰지 않는다. 또는 그것만으로 만족하지 않는다. 그의 관심을 끄는 것은 클로디어스의 죄의식이 아니다. 허를 찔러 가면을 떨어뜨린 뒤 그가 보고 싶어 하는 것은 인간 전체이다. 햄릿은 거울 속에 비친 것이 자신의 모습이 아닐까 부단히 두려워하는 그 대화 상대자가 모습을 드러내기를, 그 어느 때보다도 더 강하게 원한다.

햄릿이 내가 앞서 말한 것을 욕망한다는 사실, 다시 말해 복수의 의무를, 그 대상이 되는 인물을 자기 앞에 묶어두는 것으로 대체하길 바란다는 사실을 의심해야만 할까? 그의 욕망은 질문하고, 대답을 유도하는 데까지 갈 수 있을 것이다. 이 점에 대해서는 뒤에 가서 다시 이야기하기로 하고, 지금으로서는 그 어떤 결론을 내리는 것도 삼가도록 하겠다. 그러나 두 사람의 관계에 마찬가지로 관심을 갖는 셰익스피어가 이제 그들의 공

27
1장 햄릿의 망설임

통된 맥락으로부터 다른 기표들을 도출해내는 것을 볼 수 있다. 그것들은 그의 성찰과 우리들의 성찰에 유용할 것이다.

5

달리 말하면, 이제 거트루드에 대해 생각할 때가 되었다. 그녀는 죄가 있다. 하지만 아버지 햄릿은 아들에게 그녀를 심판하지 말 것을 요구한다. 자신이 사랑하는 처녀를 향한 햄릿의 모욕과, 그들 모두를 고통으로, 그리고 심지어 죽음으로 내모는 오해를 다시 한 번 생각해보면서, 나는 우선 비난하는 이의 말이 드러내는 폭력이, 잘못한 사람은 오필리어가 아니라 자기 자신임을 스스로 잘 안다는 사실을 드러낸다는 점과, 그 폭력으로 인해 그에게 사랑하고자 하는 욕망이 강하게 남아 있다는 사실이 증명된다는 점을 지적하고자 한다. 한데 이러한 사실은 햄릿이 자기 어머니와의 관계에서도 똑같은 감정을 느낀다는 점을 생각하게 한다. 그녀는 의혹, 분노 그리고 명시적으로 표명된 비난 때문에 번민한다. 그러나 이 비난에는 어떤 양가성이, 어떤 고통이 배어 있던가!

다른 한편으로 햄릿과 그의 어머니의 관계에 대해서도 생각할 때가 되었다. 그녀는 햄릿의 뇌리를 떠나지 않는 클로디어스의 운명과 긴밀하게 연결되어 있다. 이러한 사실은 유령의 폭로가 있기 전부터 거트루드가 그녀의 행태에 대해 햄릿으로부터 커다란 지탄을 받고 있었다는 사실을 이해하게 해준다. 그녀는 남편이 죽자마자 금방 그를 잊은 듯 보인다. 실제로 그녀는 자기 아들이 불쾌하게 생각하고 보잘것없는 존재로 여기는 인물에게 자신을 맡기지 않았던가? 햄릿이 그의 주변에서 끊임없이 되풀이되는 말, 곧 여자들은 "거짓 순진함 아래 파렴치하다"는 말이 사실이라고 확신하게 된 것은 어머니의 그토록 빠른 돌변을 보았기 때문이다. 그때까지 그가 자기 어머니에 대해 품었던 아름다운 관념의 자리에는 이제 "다크 레이디"의, 거짓말하는 여인의 어둡고 해로운 이미지가 자리하게 되었다. 햄릿이 작품의 서두부터 보여주는 표면과 실재 사이의 차이에 대한 쓰린 지적은 직접적으로 거트루드를 향한 것이다.

그러나 셰익스피어는 거트루드가 결코 무감각하거나 경솔한 존재가 아니라는 사실을 작품의 중요한 두 대목에서 상기시키는 배려를 아끼지 않는다. 그는 겉으로 보기에 전혀 오만하지 않은 이 왕비가 고통스러워하는 오필리어를 향해 애정 어린 연민을 느끼는 모습을 보여주는데, 이 연민은 결국 진정한 슬픔이 될 것이다. 그녀는 오필리어를 이해하고 동정한다. 따라서 그녀가 음란과 냉소만 갖고 있다고 말하는 것은 옳지 않다. 거트루드는 아마도 악덕을 가진 여인일 것이다. 하지만 그녀는 미덕도 가지고 있다. 그녀는, 그것이 실재이든 꾸며낸 것이든, 악덕 때문에 자신이 단죄될 것을 안다. 미덕으로 평가받는 것보다 훨씬 더 빨리 말이다.

그런데 햄릿은 이 경우에도 자기가 원망하는 여인의 복합성을 예감한다. 왕이 죽고 난 뒤 어머니가 취한 태도 앞에서 그가 겪은 놀라움은 분명 그가 느끼는 분노만큼 크다. 햄릿은 거트루드를 더 잘 이해하고픈 욕망이 있다. 그의 비난, 외침, 오열, 간청이 그 증거다. 이 모든 것이 집중되어 있는 그들의 끔찍한 마지막 만남은 격렬한 대면의 순간인 만큼 고뇌에 찬 질문의 순간이다. 따라서 햄릿이 그토록 모질게 오필리어를 대하는 것을 볼 때, 우리는 거트루드에 대한 성찰이, 여인의 이상화와 그 부당한 결과로 금세 낙착될 비난 사이의 비뚤어진 변증법으로부터 햄릿이 해방되는 데 도움이 될 수도 있지 않을까 생각하게 된다. 어쨌거나 거트루드는 그와 더불어, 인생의 첫 시기를 특징짓는 깊고 내밀한 신뢰의 관계를 맺었던 존재이다. 그 "유년의 나날들"은 (나는 여기서 다시 한 번 랭보를 인용하고 있다) "위험"일 뿐만 아니라 힘이기도 했으리라. "후손과 종족"이 "죄와 죽음" 위로 싹을 틔우기 전까지는 말이다. 어린아이 앞

햄릿의 망설임과 셰익스피어의 결단

에서 거트루드는 외양의 세계 속에서 발견하는 충만한 현존이었다. 그렇다면 이제 어른이 된 그에게 기억이 자기 역할을 하지 말란 법이 어디 있는가? 어두운 엘시노어에 빛의 기억을 향한 길은 아직 열려 있다. 온갖 환상에 사로잡힌, 하지만 그렇다고 해서 아마도 "돌이킬 수 없는 몽상가"는 될 수 없는 이 왕자에게 그것은 하나의 기회가 아닐 수 없다.

거트루드의 잠재적인 현존을 염두에 두고 있어야만 한다. 『햄릿』의 시작 부분에서 그녀는 아직 무대 안쪽에 있다. 하지만 예기치 않은 어떤 것이 곧 그녀에 대해 생각하기를 요구할 것이다. 왜냐하면 (이것이 어쨌거나 내 독서인데) 그녀의 돌변은 그녀를 아들에게로 다시 돌아가게 하기 때문이다. 그것도 아주 놀라운 만큼이나 갑작스러운 방식으로 말이다.

6

햄릿이 오필리어와의 관계를 단절하려고 할 무렵, 일단의 배우들이 엘시노어에 도착한다. 셰익스피어가 삭소 그라마티쿠스[2]

---

2 삭소 그라마티쿠스(Saxo Grammaticus, 1150~1220)는 덴마크의 역사가이다.

와 벨포레스트[3]의 이야기들에, 연극, 다시 말해 외양과 실재가
벌이는 갈등의 차원을 추가한 것이 어째서 천재적일까? 그것
은 연극이 관객에게 실제 사회에서 일어나는 것의 거울을 제공
할 (배우들이 그렇게 생각하길 햄릿이 원하는 것처럼) 뿐만 아니라,
자기의식을 파고들어갈 기회로 다가오기 때문이다. 비극, 또
는 희극의 작가는 단어들을 그 의미의 모든 층위, 곧 개념적 사
고가 관리하는 행위의 층위에서 사용할 수 있으며, 그것이 원
인이 되는 꿈의 층위, 그리고 아마도 다른 어떤 것들의 층위에
서 사용할 수 있다. 만약 그에게 용기가 있다면, 그는 유익할
수밖에 없는 방식으로 정신의 토대를 규명할 수 있을 것이다.
"대가들이시여, 어서들 오시오. 모두 환영하오" 하고, 가방에
허상뿐 아니라 진실까지 담고 막 도착하는 방문객들에게 햄릿
이 말하는 데는 그만한 이유가 있다.

한편 배우들이 도착하면서 한줄기 빛이 어둠을 뚫고 햄릿에
게 효력을 미치기에 이르는데, 햄릿은 그것을 제대로 이해하지
못하거나 무시하려고 한다. 하지만 그럼에도 불구하고 그것은
스스로를 향한 그의 태도와 이어지는 그의 행동 전반을 뒤흔든

---

3 프랑수아 드 벨포레스트(François de Belleforest, 1530~1583)는 프랑스의 작가이
  자 시인, 번역가이다.

다. 우리는 방금 커다란 놀라움과 함께, 머나먼 덴마크나 비텐베르크에서의 척박한 공부에 갇힌 모습만을 연상시키는 이 왕자가 런던 극장들의 단골 관객이었다는 사실을 확인했다. 햄릿은 그가 맞이하는 배우들과 오랜 친구 사이이다. 이들이 여행가방을 내려놓자마자, 햄릿은 예전에 낭독하는 것을 들었던 (공연되지 않았거나 단 한 차례만 공연되었기 때문인데, 그것은 그야말로 "대중의 접시에 놓인 캐비어"였다) 작품이 "절도가 없지 않은 통찰력으로" 그를 놀라게 했었다고 말한다.

이 작품(필시 비극일 것이다)은 『디도와 아에네아스Dido and Aeneas』로서[4] 베르길리우스Publius Vergilius의 창작에 의거한 것이다. 그런데 햄릿에게 유일하게 중요한 것은 한 구절, 곧 아에네아스가 트로이의 마지막을 이야기하는 대목이다. 내가 우선 지적할 것은 이 파국이 셰익스피어에게 각별한 의미를 가지고 있다는 점이다. 그는 벌써 『루크레티아의 능욕The Rape of Lucretia』에서 삼십 절의 분량을 할애해 그것을 길게 상기시킨 바 있다. 1594년에 쓴 이 시에서 트로이는 『햄릿』에서와 마찬가지로 행위보다는 예기치 않은 뜻밖의 암시와 관련된다. 여기서 우리는 억압

---

4 두로 왕국의 공주인 디도는 기원전 9세기에 카르타고를 세운다. 트로이의 목동 안키세스와 아프로디테의 아들인 아에네아스는 프리아모스의 딸 크레우사와 결혼한다.

된 것의 귀환을 이야기해야 할까? 루크레티아[5]는 불행 가운데 그림 하나를 발견하고 놀라운 집중력을 가지고 바라본다. 그녀의 눈에 들어오는 것은 쓰러지는 프리아모스와 절망에 빠진 헤카베이다.[6] 또한 그녀는, 프리아모스를 설득해 숙명의 목마가 성안으로 들어오도록 만든 배반자 시논이 정말로 정직한 모습으로 근사하게 그려진 것을 확인한다. 한데 그녀를 능욕한 타르키니우스 역시 정직한 사람의 외양을 하고 있지 않은가? 루크레티아는 위선과 거짓 앞에서 분노하며 외친다. 그녀는, 그녀는, 아마도 이미지의 성질 자체에 의해 허상에 봉사하는 듯 보이는 그림을 찢고 싶어 한다.

시 속의 이 그림, 벌써 확인되는 이 연극 속의 연극은 확실히 햄릿이 품은 생각과 관계가 깊다. 우리는 여기서 한 문명, 한 세계의 몰락을 목도한다. 왕이 죽임을 당하고, 그 살해에 왕비가 반응한다. 이 불행의 기원에는 하수인의 이중성이 자리

---

5 타르키니우스 콜라티니우스의 아내이다. 로마 왕의 아들 섹스투스 타르키니우스에게 능욕당해 자살한다. 이 사건을 계기로 혁명이 일어나 로마에서는 왕정이 무너지고 공화정이 시작된다.
6 프리아모스는 트로이의 왕으로 헥토르, 파리스, 카산드라 등의 아버지이다. 헤카베는 프리아모스의 아내로서 자녀를 열아홉 명 낳았다. 그녀는 모성의 고통을 상징하는 인물이다.

햄릿의 망설임과 셰익스피어의 결단

잡고 있다. 그러나 『루크레티아의 능욕』과 『햄릿』 사이에는 삶과 실존의 관계에서 관찰되는 추가된 차원이 있다. 셰익스피어는 이에 대해 생각하고 그것을 의식했던가? 아무튼 시에서 비극으로 발전하면서 하나의 이동이 일어난다. 『루크레티아의 능욕』에서는 배반자의 깍듯한 태도 앞에서 인간 사회의 위선에 대해, 배신에 대해, 결국에는 눈속임에 불과할 따름인 외양의 범죄적 활용에 대해 루크레티아가 갖는 의식에 강조의 초점이 맞춰진다. 그것은 존재와 외양 사이의 갈등에 관련된 철학적 문제이다. 이 문제가 셰익스피어에게 제기되는 것은 아주 자연스러운데, 왜냐하면 그것은 그의 역사극들이 분석한 것 같은 위기의 사회에서 외양은 악의와 범죄에 의해 수월하게 활용되거나 조작된다는 사실을 드러내주기 때문이다.

트로이의 몰락에 대한 이 새로운 이야기에서 햄릿의 주의를 끄는 것은 ("미소 지을 수 있는, 언제든 미소 지을 수 있는" 클로디어스라는 인물에 대한 그의 강박관념에도 불구하고) 이제 어쨌거나 추상적인 종류의 성찰이 아니라 하나의 죽음, 하나의 죽음의 자명함, 그리고 그렇게 지각된 사실이다. 달리 말해 인간의 유한성의 현현, 재현과 단순한 형상들로 이루어진 공간 속에 도래한 부인할 수 없는 실재의 솟아오름이다. 거기서 그를 가장 동요시키는 것은 헤카베, 곧 한 사람의 아내의 고통과 한 존재의 다른 존재에 대한 사랑의 증거이다. 영원히 표류하는 비현실적인 표면의 기의가 아니라 하나의 절대로서 간주할 수 있는 (그리고 심지어 간주해야 하는) 것 속에 실존의 닻을 내리는 것이다.

햄릿은 "내가 특히 좋아한 구절"이라고 그 "긴 독백"에 대해 말하며 배우 중 한 사람에게 그것을 낭독해줄 것을 만사 제쳐 놓고 요구한다. 그리하여 우리는 한참 동안 그 시구들을 듣게 되는데, 이것들이 우선 놀라운 것은 『햄릿』의 나머지 부분과 다르기 때문이다. 하지만 차이는 분명히 있어야만 한다. 실재로 간주되는 행위와 사실들 가운데 삽입된 작품이라는 위상을 부각시키기 위해서이다. 따라서 그 시구들에서 확인되는 과장과 과도한 이미지들이 어떤 글쓰기 방식을 비웃기 위해서라고 생각해서는 안 된다. 셰익스피어의 이 허구에는 얼마간의 빈정거림이 있는 것이 사실이지만, 그 빈정거림에는 친절하며 유쾌한 공감의 어조도 담겨 있다. 거기에서는 모든 문학 창조가 갖게 마련인 허약함과 저자의 순진함에 대한 인식이 확인되며 동시에 그와 정반대로 그 시구들이 어투와 형상에서 갖는 고유하게 시적인 목표에 대한 인식 역시, 또는 그러한 인식이 특히 (감사의 마음과 함께) 자리한다. 이 「프리아모스의 죽음」에서 셰익스피어는 (이 점에 대해서는 뒤에 가서 길게 재론할 것이다) 시를 본다. 좀 더 구체적으로 말하자면 그는 그것의 쇠약을 보는 동시에, 적어도 잠재적이나마 그것의 힘을 본다.

7

한편 셰익스피어는 그 텍스트가 독자 가운데 적어도 한 사람에 대해 갖는 효과를 향해 곧장 나아간다. 낭독을 요청받은 배우는 마침내 프리아모스를 살해하는 푸로스[7] 앞 헤카베의 외침에 이른다. 이때 배우의 안색이 바뀌고 그의 두 눈은 눈물로 가득 찬 나머지 낭독을 멈추어야만 한다. 시인의 언어가 동정심을 일깨운 것이다. 채색한 이미지가 루크레티아에게서, 비록 분노가 가득하고 고통스러울지언정 성찰만을 유발하는 데 그친다면, 시는 감정의 동요를 불러일으킨다. 동요된 독자에게서 그것이 드러내는 것, 그것은 한 예술가의 반응이기보다 삶의 바닥으로부터 올라오는 어떤 것(실존의 본능적 유대)이라고 할 수 있는데 이 삶의 바닥을 유일한 실재로 간주하는 것은 의미가 있을 것이다. 한데 햄릿 역시 동요된다. 이미 조금 전에 그는 문학적 표현의 우수함이나 미흡함에만 관심을 두고 시

---

7 푸로스(Purrhos)는 아킬레우스의 아들이다.

구에 귀를 기울이는 폴로니어스에게 핀잔을 준 바 있다. 이제 그는 자신이 원했던 낭독을 갑작스럽게 중단시키고 홀로 있고자 한다. 이는 햄릿의 눈에 매우 강하게 나타났던 배우의 동요에 대해 성찰하기 위함이다. 그리고 또 자기 안에 잠자고 있는 것, 또는 그가 억누르고 있는 것에 대해 생각해보기 위함이다. 이 생각은 매우 깊은 곳에서 탐색되어야 하고 아주 멀리까지 확장되어야만 한다. 그 외침, 그 괴로움이 어떤 것인지 알아야만 햄릿이 그리하듯, 헤카베 이외의 다른 사람들에게 그것이 부재하거나 억압되어 있다는 사실에 놀랄 수 있기 때문이다.

햄릿의 동요는 부인할 수 없는 것이다. 이어지는 긴 독백, 그러니까 외침, 놀람 또는 절망의 단어들로 이루어진 독백에서 관찰되는 언어의 혼란이 그것을 드러낸다. 이제 우리는 무엇이 이러한 사태를 야기했는지 안다. 헤카베의 울부짖음, 그것은 배우에게 "고통의 그림자"이자 허구 속의 한순간일 따름이었다. 그러나 햄릿의 머릿속에는 남편의 시체와 대면한 다른 여인, 이번에는 실제 존재, 곧 그의 어머니인 거트루드가 있다. 그녀의 프리아모스가 살해되었을 때 거트루드가 보인 표면적인 냉담함은 (그녀는 거의 그 일이 있고 난 직후에, 그것도 다분히 그 죽음을 원했을 것으로 의심되는 사람과 재혼하지 않았던가?) 삶에 대한 아들의 염오를 유발하고 증대시킨다. 이후 햄릿에게 삶은 거짓의 그물일 따름이며, 거짓 가운데 가장 심각한 것은 ("그녀는 그에게 매달리다시피 했다"라고, 그는 예전에 그녀가 지녔던 태도에 대해 말한다) 사랑하는 척하는 것이다. 그러한 어머니의 행태는 아들을 번민하게 하고, 거트루드에 비해 죄가 그다지 중하지 않은 클로디어스의 죽음을 진정으로 원하는 데 이르지 못하게 만드는 회의주의의 한 부분을 초래한다. 햄릿은 자기 어머니를 사랑했다. 친구이자 심복인 호레이시오와 재회한 그가 그녀에 대해 하는 말, 특히 분노 속의 놀람과 쓰라린 고통이 묻어나는 그 말로 드러낸다. 하지만 햄릿은 거트루드에게 죄가 있다고 생각한다. 그리고 이것은 그로 하여금 모든 여자들이 마찬가지로 악하다고 추정하게 만든다.

그런데 이와 반대로 사랑의 존재, 다시 말해 사랑이 지닐 수 있는 결정적이고 절대적인 측면의 존재를 증거하는 한 여인, 곧 헤카베가 있다. 의심할 나위 없이, 그 시구들은 외침을 꾸며내지 않았다. 단지 보통의 행태들에서 생겨나는 소음으로부터 그것을 가려냈을 뿐인데, 이 소음은 그 불꽃을 뒤덮기는 하되 질식시키지는 못한다. 따라서 햄릿의 동요는, 그토록 자명한 비탄 앞에서 외침은 진실이고 사랑은 존재하며, 심지어 그 사랑은 여자라는 생각이 바야흐로 자신을 엄습하는 사태를 느끼는 것과 같다. 그리고 또 하나의 공감이 헤카베를 통해 모든 여성에게로, 하지만 그들 가운데 가장 가까운 여성, 곧 덴마크의 여왕에게로 확장되려 함을 느끼는 것이다. 트로이 황비의 외침, 그것은 아들에게 한 줌의 재에 불과했던 거트루드의 부활이다. 거트루드는 햄릿이 생각했던 것만큼 악할 수는 없다. 이 순간 햄릿은 모호함, 모순, 그리고 가능한 내면의 찢김을 지각할 준비가 된 눈으로 자기 어머니를 본다. 그는 말하고 외치고 비난을 퍼부어댈 것이다. 하지만 동시에 그는 대답에 귀를 기울일 것이다. 이것은 큰 파도가 될 것이고, 그의 편견들을 물리칠 것이다. 그는 이제 그것들을 의식한다. 또한 그는 더 이상 오필리어에 대해 회의를 품지 않을 수 있을 것이다. 그녀를 또 한 사람의 거트루드로 단정 짓기 전에, 그는 그녀를 그토록 자발적으로 사랑하지 않았던가? 그는 이제, 정의가 원하는 대로 클로디어스를 죽일 수 있을 것이다.

이렇듯 「프리아모스의 죽음」을 듣는 햄릿은 감정적 동요에 사로잡힌다. 문제를 자세히 살피면, 같은 순간 그가 상상하는 덫, 다시 말해 잠든 양심을 말로써 일깨우는 것이 아무런 환상도 갖고 있지 않은 클로디어스의 죄를 적발하는 것보다 거트루드가 억압한 감정이나 사랑을 그녀 안에서 소생시키고, 그럼으로써 대면을 준비하기 위함이라고 말할 수밖에 없을 것 같다. 이 대면에서 아들은 어머니를 비난할 테지만 그런 만큼 그녀의 말에 귀 기울일 것이다. 『햄릿』의 중심에 있는 덫(연극 속의 연극, 혹은 보이는 것을 말하기보다 그 토대를 갈아엎고 정말로 존재하는 것을 캐내기 위한 말의 사용)은 클로디어스를 사로잡기 위한 것이 아니고, 왕비를 그녀가 처한 상황으로부터 구해내기 위한 것이다. 왕과 왕비 앞에서의 공연을 위해 햄릿이 별안간 쓰기로 결심한 작품의 제목은 무엇이 될 것인가? 쥐덫? 이 표현은 사회의 환원하는 눈에는 남자보다 여자에 관련된다.

쥐덫, 그것은 우선 거트루드가 해방되는 계기를 마련할 것이다. 그리고 "존재냐", "비존재냐" 사이의 햄릿의 망설임은 이 결말과 함께 끝날 것이다.

8

그러나 슬프게도, 질식하게 하는 매듭은 그의 성찰에 이어 바로 풀리지 않는다. 그의 내면의 목소리의 떨림은 금방 그치지 않으며 단어들은 다시 담화가 된다. 아울러 곧 오필리어와 함께 있으면서 그러할 것처럼, 스스로 거부했다고 생각한 세상과의 관계 뒤에 남겨진 편견들이 다시 불타오른다. 이는 바로 우리 눈앞에서 펼쳐진다. 햄릿은 헤카베의 고통과 배우의 동요에 반응하자마자 바로 그 사실을 인정하기를 그친다. 처음에 마음의 동요에 굴복했던 햄릿은 거트루드에게 직접 말을 걸며, 헤카베처럼 그녀를 죽음의 사실 앞에 위치시킴으로써 그녀가 지닌 사랑의 역량을 측정해보려고 한다. 그러나 이제 그가 무대에 올리고자 하는 것은 더 이상 죽음, 절대가 아니라 그 원인과 상황이며, 이는 범죄를 상기시킨 순간 죄인이 어떤 반응을 보이는지 알기 위함이다. 그렇다면 이 이동이 의미하는 것은 무엇인가?

나는 벌써 그것을 암시한 적이 있지만, 이제 그것은 더 큰 신빙성을 갖는다. 그것은 유령의 요청에 부응하고 옛 질서가 표방하는 가치에 복종하며, 이로써 확실한 왕의 암살자인 클로디어스를 죽일 수 있게 해줄 증거를 찾는 것이 아니다. 이미 말한 것처럼, 햄릿은 그러한 증거가 필요하지도 않거니와 단지 확신을 위해 그렇게 부인하기 힘들 정도로 큰 위험을 무엇 하러 감수한단 말인가? 하지만 클로디어스는 올가미에 걸린 범인의 당혹과 두려움 말고 다른 것을 표현할 수 있다. 그것은 감정의 동요나 회한이고 또는 어쩌면 정반대로 무심함 같은 것이다. 이 경우 바로 그 무심함에 의해 평소에는 꽉 닫혀 있는 외양 아래로 실제 존재가 나타날 수도 있다. 존재? 햄릿만큼이나 복합적인 존재? 아마도 그렇다. 결과적으로 이 대화 상대자

햄릿의 망설임과 셰익스피어의 결단

는 복수를 실행하기 위해서가 아니라 지연시키기 위해 햄릿이 필요로 하는 존재이다. 헤카베의 죽음으로 유발된 감정의 동요는 그로 하여금 더 이상의 질문 없이 클로디어스를 살해하게 만들 수 있었다. 양가성, 회의주의로써 그러한 감정을 억제하는 것, 그것은 살아야 할 이유 없이 그와 더불어 계속 존재하기 위해 그가 살기를 원하는 것이다.

따라서 덫이 있다면 그것은 결국 햄릿도 이미 거기에 사로잡혀 있기 때문이고, 미래는 적수와의 하염없는 대면일 수밖에 없다. 그는 적수를 굴복시키고픈 욕망보다 자기 자신과 비교할 필요를 더 강하게 느낀다. 만약 클로디어스가 대응하지 않은 채 덫에서 빠져나가지 않는다면, 이 덫은 일종의 새장으로서 두 범인을 가까운 곳에 가두어둘 것이다. 여기서 지적할 것은 공연의 결정적인 대목에서 암살자가 치명적인 병을 들고 나타날 때 햄릿이 말 그대로 무대 위로 몸을 던지며, 이 사람은 "왕의 조카이다"라고 외친다는 사실이다. 햄릿은 클로디어스의 조카이고, 클로디어스는 청중에게 왕이다. 따라서 햄릿은 암살자의 옷을 걸친 셈이고, 이로써 그는 실제 암살자에게 더욱 가까이 다가선다.

햄릿은 자신이 갖는 클로디어스의 필요, 그리고 클로디어스는 아마도 행복하게 관리했겠지만, 자신은 오로지 불안과 고통만을 느끼면서 감수할 따름인 외양의 그물에 스스로를 방기하는 것 등, 이 모든 것을 공연이 중단된 바로 그 순간 단번에 깨닫는다. 연극에서 왕의 조카인 루시아너스가 희생자의 귀에 독을 붓자 클로디어스는 자리에서 일어나 불을 밝히게 한 뒤 자리를 뜬다. 햄릿은 심복인 호레이시오에게 승리를 선언한다. 찬탈자가 스스로를 드러낸 것이다. 하지만 그의 말에는 얼마나 많은 흥분이 담겨 있는가! 상황이 일러주는 대로 결단하는 대신 클로디어스에게 집착하고 그의 가치를 평가하며 그의 존재 방식을 비웃는 것에 대한 욕구가 얼마나 강하게 나타나는가! 주목할 것은, 화살 맞은 사슴이 도망치는 듯 보이는 그 순간, 그가 스스로를 배우로 여기는 생각을 가장 먼저 품었다는 사실이다. 그렇다면 그의 진정한 자리는 연극을 공연하러 오는 이들 가운데 있을 것이다. 호레이시오는 그렇게 보기는 힘들다고 대답하지만, 햄릿은 그렇다고 재차 말한다.

그러던 중 로즌크랜츠와 길던스턴이 도착한다. 햄릿은 이 불쌍한 인물들, 이 밀정들의 정체를 파악하고 있다. 하지만 이들은 햄릿을 매혹한다. 왜냐하면 스스로 기회주의자라고 상상하는 햄릿은 그들에게서 단지 과장되었을 따름인 기회주의자를 보기 때문이다. 그들의 비열함 자체에 의해 자신은 그들과 가깝고, 이렇게 모든 것의 허망함(이때 문제가 되는 것은 그들과 함께했던 비텐베르크에서의 신학 공부이다)에 대한 또 하나의 증거를 발견한다고 생각하기 때문에, 그는 그들이 성에 도착할 때, 그때까지 아무에게도 말하지 않았던 그의 커다란 "비밀", 곧 대지와 하늘 앞에서 느끼는 염오의 감정을 그들에게 드러낸다. 한데 그는 이제 비록 상징을 통해서이긴 하지만 자기 안에서 일어나고 있고, 말하지 않을 수 없는 것을 또다시 그들에게 고백하려고 한다. 그때 햄릿이 승리를 축하하기 위해 요청했던 피리가 도착한다. 하지만 이제 그가 생각하는 것은 "도둑과 악당들"의 손가락이다. 그는 길던스턴의 손가락 사이에 피리 하나를 쥐어주며 연주를 청하지만 그 야비한 궁정인에게는 그것이 불가능하다는 것을 그는 잘 안다. 아무리 그를 꽉 잡고 있다고 해도 밀정이 그의 영혼까지 꿰뚫어볼 수는 없다는 사실, 이것이 표면적으로 볼 때 햄릿이 말하고자 하는 바이다. 그러나 "많은 음악과 훌륭한 음이 있는 이 작은 악기"는 또한 어떤 사람들에게는, 정신이 본능적으로, 진정한 질서, 있을 수 있는 세계의 질서와 본능적으로 동일시하는 하나의 음악을, 심지어 약간의 내밀함과 함께 꿈꾸게 해준다.

그런데 이러한 본질적 실재를 예감하지 못하는 것이 어디 길던스턴 한 사람뿐인가? 제일 먼저 햄릿이 그렇지 않은가? 세계라는 건축의 폐허에서, 불일치를 보이는 행성들 속에서 그는 더 높은 음악, 예컨대 그가 오필리어를 생각하면서 이따금 예감했던 음악과의 접촉을 잃어버리지 않았던가? 이제 그의 앞에 있는 것은 폴로니어스이다. 어리석게 행복하기만 한 이 정직한 입법관을 그는 언제나 경멸해왔다. 하지만 이 경우에도 여전히 얼마간의 끌림은 있다. 폴로니어스는 그에게 와서 왕비가 "당장" 그와 이야기하기를 원한다고 말한다. 한데 이 결정적인 순간에 그는 뭐라고 대답하는가? 그는 "저기 낙타와 거의 비슷하게 생긴 구름이 보이는가?" 하고 폴로니어스에게 묻고, 폴로니어스는 맞장구친다. 그러나 그는 바로 "내게는 족제비 같아" 하고 암시하고, 폴로니어스는 다시 한 번 맞장구친다. 구름, 구름, 경이로운 구름은 쉼 없이 생성하며, 실체 없는 자신의 형태를 흩뜨리고, 다시 시작하고, 또다시 해체한다. 재현, 가치 역시 그렇게 일관성이 없다. 우리가 실재라고 믿는 것 속에는 투사된 우리의 꿈만이 있을 따름이며, 이것들은 낙타나 족제비 또는 고래만큼이나, 유한적 존재인 우리의 진정한 필요와 무관하다. 이러한 사실은 햄릿에게 제일 먼저 해당된다. 그는 자신은 꿈꿀 수 없다고 생각하는 폴로니어스에게 꿈을 꾸는 모습을 보이는데, 이 역시 하나의 고백이다. 하지만 그것은 확실히 남에게, 그리고 자신에게 하기 어려운 고백이다. "이 강요된 어릿광대짓을 더는 참아줄 수가 없구나"[8] 하고 그는 중얼거린다.

햄릿은 자기의 과제임을 아는 복수를 향해 한 걸음 나아가기는커녕 바야흐로 고삐 풀린 자기의식의 소용돌이에 사로잡혀 스스로를 흔들리도록 방기한다. 그는 왕을 죽이는 일을 뒤로 미룬다. 그리고 조금 뒤 그가 왕을 보았을 때, 왕은 기도하기 위해 무릎을 꿇고 있어 무방비 상태이다. 햄릿은 칼을 뽑지만 다시 즉시 그것을 칼집에 넣는다. 그리고 자신이 왜 이런 기회를 포기하는지 설명하려고 한다. 기도는 클로디어스가 진지하게 후회하고 있음을 의미한다고 볼 수 있다. 그렇다면 이 사실 때문에 신의 용서를 받은 그는 햄릿의 칼에 죽었을 때 천국에 갈 수 있을 테고, 그렇게 되면 이는 햄릿이 추구하는 복수와 거리가 있게 된다. 그보다는 죄인이 경건치 못한 습관을 되찾길 기다리는 편이 더 나을 것이다. 그는 그때 왕의 육체만큼이나 영혼을 죽일 수 있을 것이다……. 이렇게, 햄릿은 추론한다. 하지만 이는 그가 욕망하는 것을 감추기 위함이며, 그것은 스스로를 바라보기 위해 그가 몸을 기울이는 거울을 잃어버리고 싶어 하지 않는다는 사실이다. 햄릿은 그로 인해 고통스러

---

8 『햄릿』 3막 2장의 "They fool me to the top of my bent"를 본푸아는 "Ces pitreries obligées sont à la limite de mes forces"로 옮겼다.

위한다. 그러나 그것이 지속되길 원한다. 만약 클로디어스가 하늘로 간다면 그는 외양의 조작자이길 그칠 테지만, 이렇게 외양의 조작자이기 때문에 클로디어스는 햄릿 자신이 몸부림 치는 차원에 위치하는 것이다. 클로디어스가 없으면 햄릿은, 연극 속의 연극이 그 어느 때보다 더 확실하게 깨닫게 해준 파트너를 더 이상 앞에 둘 수 없게 된다. 클로디어스의 분신을 죽인 그가, 지리멸렬하다는 사실을 잘 아는 법法의 처벌을 감수할 위험을 무릅쓰고 클로디어스 앞에 나타날 때, 그는 어떻게 할 것인가? "사랑하는 어머니" 하고 그는 말한다. 나는 네 어머니가 아니야, 사랑하는 아버지란다, 하고 클로디어스가 놀라서 대답한다. "내 어머니지요. 저는 제대로 말하고 있는 것입니다. 왜냐하면 남편과 아내는 일심동체이니까요." 이 지적은 이상하게 들린다. 사실 그것은 굴레에서 해방되길 포기하는 햄릿의 표현인데, 이 굴레는 지금은 육체의 굴레처럼 보이지만 사실은 영혼의 굴레이다. 만약 남편과 아내가 일심동체라면, 클로디어스의 아내 자신은 클로디어스에 다름 아닌 육체일 따름이고, 평범하게 세속적이고 비천한 그녀는 클로디어스보다 더 나을 게 없어진다. 헤카베의 외침이 유발한 희망을 억눌러 버린 것은 확실히 잘한 일이다.

9

그렇지만 클로디어스의 매혹에 스스로를 가두는 햄릿에게서 그 외침이 정말로 입을 닫은 것은 아니다. 「곤자고의 살해」의 텍스트를 결정할 때, 햄릿은 암살자를 상기시키면서 공범, 곧 왕비 또한 상기시켰는데, 이는 그녀를 만나 「헤카베의 죽음」의 단어들을 들을 때 자신이 사로잡혔던 사랑의 역량을 그녀에게서 확인해야 할 필요를 나타낸다. 그리하여 연극 속 왕비는, 햄릿 자신이 그녀를 위해 쓴 거짓된 절대적 사랑의 맹세를 말할 때, "이건 쓰다. 쓰단 말이다" 하고 중얼거린다. 거트루드는 평생의 배우자와 마지막 대화를 나누는 순간 진지했던가? 혹은 그녀는 자신의 속내를 숨기고 있었던가? 아니면 그 사랑의 단어들은, 사랑이 그저 눈속임에 불과한 진실 없는 세상의 실체도 중요함도 없는 "단어들, 단어들, 단어들"일 뿐이었던가? 연극에서 햄릿이 어쨌거나 기대하는 것은 그의 어머니가 어떻게 반응하는지 보는 것이다.

하지만 거트루드의 반응은, 설사 그런 것이 있었다고 하더라도 결정적인 순간에 왕의 분노와 그의 갑작스럽고 요란한 물러남에 의해 가려진다. 더 잘 사랑하기 위해 더 잘 이해하려는 욕망이 좌절된 것이다. 그러나 단서가 하나 더 있으니, 그것은 한 시간 뒤 거트루드의 부름에 따라 어머니의 방으로 들어가는 순간 그토록 뚜렷하게 강렬한 양상을 띠고 나타나는 햄릿의 감정적 동요이다. 거트루드는 조금이라도 헤카베의 모습을 보여 줄 것인가? 즉 목적 없는 외양의 표류 아래 하나의 실재(마음의 실재)가 있다는 증거를 나타낼 것인가? 비록 미약하고 억눌렸을지언정 하나의 외침은, 그 주름 속에 갇힌 사람이 숨 막혀 하며 이제 오로지 "비존재"만을 원하기에 이른 그 베일을 찢을 것인가? 햄릿은 그의 어머니가 자기와 이야기하고 싶어 한다는 사실을 알게 되자, 자신을 만류하는 궁정인들 앞에서 끝없이 해체되는 구름에 대해, 그리고 불가능한 음악에 대해 그토록 도발적이고 그토록 불안한 말을 한다. 그의 생각은 허무주의를 표방한다. 하지만 동시에 햄릿은 스스로를 잘 알며, 비천한 존재들이 그에게 기대하는 것보다 더 큰 것을 원한다는 사실 또한 말한다. 결과적으로 그것은 쓰라린 후회를 감추지 못한다.

그렇지만 헤카베의 외침의 첫 순간에 생각을 클로디어스 쪽으로 돌렸던 햄릿의 자기검열은 방에 들어가자마자 다시 한 번 그를 마비시킨다. 사실 거트루드는 그녀가 받아들인 역할 아래 있는 자신의 모습을 의식하기 위해 우선은 아무것도 하지 않는다. "햄릿, 너는 네 아버지를 대단히 화나게 했어" 하고 그녀는 외치고, 계제에 맞지 않는 "아버지"라는 단어를 통해 클로디어스에 대한 그녀의 태도를 확실하게 도발적인 힘과 함께 천명한다. 이에 햄릿은 공을 다시 걷어올리고, 그녀에게 문장을 던지며, 비난을 되돌려보낸다. 그리고 오필리어에 대해서만큼이나 혹독하고 상처 주는 말들로 공격한다. 어쩌면 오필리어에게 한 말보다 더 가혹한데, 거트루드가 남편을 죽였다고 말하기 때문이다. 긴긴 독설. 거기에는 복수의 계획(아버지에 대한 찬미와 헌신)을, 그를 유혹하는 "비존재냐"를 막는 성벽으로 삼고자 하는 항상 흔들리는 서원이 응집된다. 여기서 만족할 것인가? 아니 될 말이다. 왜냐하면 거트루드는 마음이 동요되고, 그것을 내보이기 때문이다. 네 말이 나를 비수처럼 찌르는구나 하고 그녀는 말한다. 게다가 유령이 와서 (이번에는 실내복 차림으로) 모조 갑옷에 가려졌던 자신의 진정한 모습, 잊힌 명령을 아들에게 상기시킨다. 그는, 바깥의 생각으로 네 어머니를 괴롭히지 마라, 그녀가 마음의 가시에 찔리도록 내버려두어라, 라고 말한다. 눈물을 나누고 서로를 확인할 중요한 순간을 위해 필요한 모든 것이 준비된 것처럼 보인다. 거트루드는 정말로 감동과 회한에 스스로를 내던질 시점에 있다.

그러나 햄릿이 받아들이는 것은 그것이 아니다. 그의 안에서 헤카베의 외침이 오래도록 울리는 것을 듣지 못하게 만들었던 경직된 상태가 다시 한 번 그를 사로잡으며 마비시킨다. 그는 거트루드가 음탕하고, 그를 구역질나게 하는 몸짓을 할 수 있으며, 클로디어스와 "일심동체"라는 상상을 떨쳐버릴 수가 없다. 설사 울분이 가라앉은 그가 명백한 고통에 대해 동정심을 느낄지라도, 그것은 한 존재에서 다른 존재로 나아가며 소외를 없애고 상대방을 끌어안으며 진정으로 사랑하는 하나의 도약과는 거리가 멀다. 아니다. 그것은 체념한 사회의 전형적인 자세, 곧 완전히 부정적인 자선으로, 소외를 불가피한 사실로 간주하거니와, 사람들은 그것을 너무나도 잘, 하지만 아래로부터 이해하기에 용인한다. 약간 과도하게 동요되었지만, 그것은 고해실의 사제가 하는 말에 가깝다. 즉 실존적으로, 시적으로 아무것도 요구하지 않는 관대함이라고 할 수 있는데, 왜냐하면 그 관대함은 희망할 줄을 모르기 때문이다. 따라서 그것은 외양에 마지막 결정권을 준다. 하지만 외양은, 그가 그 속에서 고통받는 지옥이 아닌가? "덕이 없다면 있는 척이라도 하세요" 하고 말하며, 그것이 악마조차 길들이게 해준다고 공언한다. 확실히 부정적인 윤리, 극단적으로 말하자면 편달鞭撻 고행자들, 희생자들의 윤리이다. "나의 자선은 오염되었다"라고 랭보는 외칠 것이고, 이 말과 함께 그는 다시 한 번 셰익스피어와 가까워진다. 이 모순적인 짧은 말을 통해 랭보가 겨냥

하는 것, 그것은 존재들의 현존보다 사물들의 양상에 대한 질문에 자기들의 황금을 쏟아부은 사회의 비참이다.

다시 한 번, 그리고 마지막으로 햄릿은 그의 안에서 겉모습의 허망한 명제가 존재의 욕망을 억누르도록 방임했다. 진정한 사람이라는 것을 어쨌거나 의식하고 있는 그는 해체해야 할 세계 내 존재의 단어들, 다시 말해 단지 부분적으로만 파악해 실재가 결여된, 위험한 치명적 몽상에 불과한 단어들의 무게 때문에 진정한 삶의 선을 추구할 수 없다. 환상의 늪에서는 풀이 자라지 못한다. 무너진 거트루드를 향한 햄릿의 "안녕히 주무세요"에서 나는 T. S. 엘리어트Thomas Stearns Eliot가 현대의 모든, 혹은 거의 모든 지점에 펼쳐져 있는 것을 보았던 거대한 황무지의 여러 문턱들 가운데 하나를 본다. 모든 것이 응고되거나 썩는, 하지만 모든 것이 가능한 상태로 남는 자기와의 관계의 성城(엘시노어, 하지만 말이 치유할 수 있는 어부왕[9]의 처소 역시 이 경우에 해당한다)은 이제 불모의 바깥에 의해 대체되며, 여기에는 체념과 떠돎 속에 자리 잡은 초라하고 상대적인 진리만이 있을 뿐이다.

---

9 켈트 전설에서 성배(聖杯)를 지키는 왕으로 샅 또는 다리에 상처가 있다. 성 인근에서 낚시를 하는 까닭에 '어부왕'으로 불린다.

놀라운 것은 폴로니어스를 죽인 햄릿이 행동으로 옮겨가는 대신에 (아직 시간이 있다. 또는 지금이 아니면 기회는 영원히 없다) 표면적 반항 없이 심판받고 처벌받기를 받아들이면서 죄인의 조건 속에 스스로 갇히도록 내버려둔다는 사실이다. 또 하나 주목할 것은 그에 대한 단죄가 유배, 성을 떠나는 것, 긴 바다 여행, 말미에 계획된 이유 없는 죽음이라는 점, 그리고 희망 없는 여행객이 꾀를 내어 얼마간의 생존을 확보할 경우 이제 아무런 행동 계획도 갖지 않은 채, 커다란 기회를 잃어버렸던 고향으로의 귀환이라는 점, 요컨대 결론이 없는, 그리고 균열로 뒤덮인 단순한 성찰의 나날들이라는 점이다.

10

이렇게 나는 여기서 작품의 다른 면, 곧 그것의 갑작스러운 중심 이탈에 이른다. 다시 말해 이때까지 햄릿의 독백(망설임과 분노의 외침)의 안으로부터 또는 호레이시오의 성찰이나 왕비와 왕 사이의 불안한 대화를 통해 지각되던 것에 대한 바깥으로부터의 시선에 이른다. 결말(그것이 무엇이든)로 귀결되는 행위의 빠르고 응집된 변전 대신 열린 시간이 자리하며, 이 시간 속에서 여기저기 분산된 존재들의 희망 없는 삶이 계속된다. 그렇게 햄릿은 알지 못할 곳에서 호레이시오와 재회하고, 거트루드는 절제하게 되거나 또는 하지 않으며, 갑자기 다시 나타난 오필리어는 크게 바뀌어 있을 것이다.

때는 존재의 의지, 'will to be'가 체념하는 시대이고, 나로서는 현대적이라고 할 수 있다. 그러나 거기에는 이따금 흐트러진 희망의 외침이 울려퍼지기도 한다. 『햄릿』의 이 두 번째 부분에서 주목할 것은, 셰익스피어가 파탄에서 살아남은 몇몇 인물이 주고받는 철학을 보여주기에 앞서 셰익스피어가 새로운 비탄으로부터 그 외침을 잘 가려내고 분석할 수 있었다는 사실이다. 그러나 그가 귀를 기울이는 첫 번째 외침은 '메자 보체'[10]의 외침으로서, 바야흐로 그치는 음악에 본능적으로 반한 부서진 목소리이며, 오필리어의 추정된 광기에서 비롯된 애처로운 노래들이다. 순진한 희망을 품었던 예전의 소녀는 햄릿의 불행을 가혹하게 짊어져야 했다. 나는 햄릿이 그녀를 강간했다고 했는데, 어쨌거나 그것은 심리적으로 사실이다. 여기서 그녀는 다시 한 번 무대에 등장하지만, 이번의 무대는 세상, 세상의 모든 것이 '지금'이되 꽃은 더 이상 축제의 날에 공동으로

---

10 원어는 mezza voce로 음악에서 '낮은 소리로'를 뜻한다.

체험되는 의미의 꽃다발과 화환을 위해 꺾이지 않는다. 따라서 이제는 사회가 예전에 그 꽃들에 부여했던 의미에 대한 얼마간의 기억과 함께 그것을 되는 대로 나누어주는 수밖에 다른 도리가 없다. 그것은 이제 시들었다. 꽃잎과 이파리도 그렇고, 향기는 심미가의 쾌락을 위해 향수병 안에서만 살아남을 것이다. 그것은 악의 꽃이다.[11] "여기 로즈마리가 있어요. 잊지 말아달라는 거지요" 하고 오필리어는 중얼거린다. 그리고 마지막으로 그녀가 물보다는 오히려 그녀에게로 고개를 숙인 듯 보이는 버드나무 곁에서 데이지, 쐐기풀 그리고 '죽은 이의 손가락'으로 화관을 엮으려 할 때, 이 최후의 몸짓에서 나오는 의미가 단지 새롭게 식물적이기만 한 현실의 자기로의 후퇴라는 사실을 그녀는 직관을 통해 안다. 인간사를 알지 못하는 단순한 자연의 물, 이 비존재의 무심함 속에서 그 삶(마지막 순간에 그녀는 인간보다는 여자로서의 성격이 더 강한 듯 보인다)의 목소리는 '옛 노래들'을 한순간 다시 부르면서 소진된다.

　다른 외침, 그것은 앞의 것과 대응을 이루는 것처럼 여겨지는 햄릿 자신의 외침으로서, 작품 전체의 이미지를 격자로 담

---

11 『악의 꽃(Les Fleurs du Mal)』은 1857년에 간행된 프랑스 시인 보들레르의 시집이다.

고 있는 (또는 무덤에 넣기라고 해야 할까?) 중요한 장면에 위치한다. 여기서 고국으로 돌아온 추방된 자는 무덤 파는 일꾼이 가리켜 보이는 요릭의 해골을 손에 집어 들고, 오필리어의 장례 행렬이 자기 쪽으로 오는 것을 본다. 햄릿과 호레이시오(그들은 어디서 만났는가?)는 엘시노어의 묘지에 (이것은 우연인가?) 들어와 있다. 우선 햄릿은 땅에 흩어져 있는 해골들 사이에서 인간 기업의 부질없음을 생각한다. 그의 머릿속에는 분명 그 자신의 것도 들어 있다. 그것은 언뜻 보기에 탐욕스러운 토지의 매입보다 덜 불쾌한 것이지만 그것 역시 사람들이 말하듯, 그림자를 좇느라 포획물을 놓치길 그치지 않는 것에 불과했다는 사실을 그는 인정해야 한다. 이를테면 그가 상냥한 오필리어를 모욕할 때가 그 경우에 해당한다. 햄릿은 이것을 이해할 수 있는데, 요릭, 그 텅 빈 안구, 그 벌어진 턱뼈가 그에게 상기시켜주는 것 덕분이다. 이 광대들의 현자는 부자와 권력자들에 대한 조소를 통해 삶의 짧은 순간과 사랑의 열쇠가 되는 원초적인 필요 이외에는 실재가 없음을 그에게 가르치려 했고, 그것은 곧 유한성의 진리에 다름 아니었다. 그는 햄릿을 팔에 안아 얼른 어깨 위에 올리고는 단순한 즐거움의 순간들에 위대한 의미가 있다는 것, 이를 위해서는 그 위로 몸을 기울이며 미소 짓는 존재를 신뢰하는 것이 중요하다는 것을 그에게 (아직 어린아이인 햄릿에게) 확신시키길 원했다. 이 신뢰, 그는 그것을 나중에 그에게 사랑을 말하는 존재에게 표해야 할 것이었다.

그러나 왕과 왕비가 이끄는 행렬이 묘지 안으로 들어오고 그들 곁에는 레어티즈와 관에 담긴 시체가 있다. 레어티즈가 앞으로 나와 말을 하려고 할 때 아직 뒤쪽에 물러선 채 거의 몸을 감추고 있는 햄릿이 중얼거린다. "아주 고상한 젊은이지!" 이는 지금까지 그의 꾸준한 생각이었고, 거기에는 심지어 쉽게 설명되는 매혹의 부분까지도 포함되어 있었다. 왜냐하면 레어티즈는 그처럼 지적이고 결단력이 있으며 스포츠맨이었고(그들은 둘 다 검술에 뛰어나다), 그와 마찬가지로 투지와 에너지를 보유하고 있었기 때문이다. 다만 햄릿에게는 에너지가 억눌려 있어서, 그의 아버지의 복수를 해야만 하는 순간에 결핍을 드러낼 수밖에 없었다. 이와 달리 레어티즈에게는 그것이 모든 순간에 가용한 상태로 남아 있음이 분명했는데, 적어도 왕자의 눈에 자명하게 나타나는 하나의 이유 때문이었다.

이 이유, 그것은 세계의 질서가 제기하는 질문들에 대해 폴로니어스의 아들이 햄릿과 근본적으로 다른 대답을 갖고 있다는 사실이다. 우리가 사는 세계를 그대로 받아들여야 하는가 아니면 개선해야 하는가? 악몽의 풀숲에 떨어진 사랑의 열쇠를 주울 줄 모른다면, 세상은 햄릿이 말하는 것처럼 이렇게든

저렇게든 언제나 그대로 남아 있을 폐허 더미에 불과할 뿐이라는 사실을 격렬한 형이상학적 충격과 함께 깨달을 필요조차 없을 것인가? 이 질문들, 만약 레어티즈가 스스로에게 그것들을 제기한다면 그의 대답은 명확할 것이다. 그에게는 그의 아버지가 아무런 불안감 없이, 심지어 만족하면서 물려주는 세계 이외에는 다른 세계가 없다. 거기에 어떤 변화를 가해야 한다면, 그것은 개념적인 (다시 말해서 바깥으로부터 지각되고 단순화된) 재현의 차원에서일 것이다. 여기에서는 벌써 자리를 확보한 도그마들이 위대한 진리도 미덕도 없는 법을 이미 구축해놓고 있다. 레어티즈는 자유롭게 행동할 수 있다. 왜냐하면 그는 자기 행위의 원칙을 의심하지 않기 때문이다. 하지만 이어지는 부분이 보여주는 것처럼 그 역시, 랭보가 (또다시 그가) 이번에는 「사랑의 사막」에서 말하는 "이상하고도 슬픈 오류"를 범할 수 있다.

햄릿은 레어티즈가 보존하고자 하는 질서에 대한 자신의 믿음이 무너지는 것을 보았고, 바로 그렇기 때문에 매혹이 뒤섞인 관심과 함께 다른 사람의 아들을 바라본다. 이러한 관심은 자주 양가성의 표지가 된다. 한편으로 그는 자신이 속임수와 거짓으로 간주하는 과거의 "단어들, 단어들, 단어들"을 채택하는 것에 대해 레어티즈를 비난한다. 그러나 다른 한편으로 그는 그토록 자유롭고 효율적인 레어티즈를 보면서 경탄하지 않을 수 없다. 이와 함께 햄릿은 구속된 자신을 느끼며 질투를 억누르지 못한다. 그의 안에는 이렇듯 열띤 시기와 평가가 뒤섞이고 있거니와, 이제 레어티즈가 도착한 사람들의 무리에서 떨어져 나와 입을 벌린 구덩이 앞에서 말을 하자 갑자기 햄릿 안에서 비난이 경탄을 압도한다. 그리고 질투가 사라진다. 불안하고 의기소침하며 마비되었지만, 그럼에도 불구하고 알고 존재하고 실재하는 이가 바로 자신임을 햄릿이 깨달았기 때문이다. 그를 둘러싼 다른 사람들 모두 (그의 심복인 호레이시오를 제외하고) 그림자일 뿐이다.

레어티즈가 어떻게 했기에 햄릿이 그것을 알아차리는가? 우선 오필리어의 형제는 높은 목소리로, 누이의 광기와 자살로 보이는 행위의 원인 제공자로서 햄릿을 단호히 고발한다. 햄릿은 그렇게 처녀의 죽음을 알게 되고, 죽음과 관련한 자기의 책임을 생각해야만 한다. 그는 자신의 잘못을 어떻게 생각하는가? 이 순간 그는 자신의 생각을 말하지 않는다. 그는 그것을 결코 말하지 않을 것이다. 왜냐하면 명시적인 말, 독백으로 나타나기에 그런 종류의 생각은 과도할 정도로 옛 질서의 해로운 말들의 먹잇감이 되기 때문이다. 그것은 또한 레어티즈가 발설하는 말들이 아마도 사실이기 때문이기도 하다. 하지만 그 생각은 또한, 그리고 우선, 또 하나의 더욱 강한 자명함, 곧 재앙으로 변한 상황에서의 오필리어의 오빠의 책임, 오로지 사랑만을 생각하는 젊은 존재를 죽게 만든 그의 방식 앞에서 이제 지워진다.

오필리어의 살해자 레어티즈! 그는 무덤으로 뛰어든다. 그는 누이의 시체를 품에 끌어안는다. 그는 복수로 불타오른다! 그렇다, 하지만 그는 그토록 과장되게 그의 슬픔을 외친다! 그것을 말하기 위해 그토록 의례적이고, 이를테면 문학적인 비유들, 예컨대 펠리온 산과 "하늘을 찌르는 푸른" 올림포스 산[12]을 동원한다! 햄릿은 이 메타포metaphor들에 주목한다. 그는 곧 그것들을 조롱하며, 식초, 악어처럼 한층 더 과장된 이미지로써 추상적 성격과 과도함에서 한술 더 뜰 것이다. 그런데 어째서 그는 이 이미지들을 그토록 중요하게 생각하는가? 그것은 설사 레어티즈가 고통스러워한다고 해도(이는 분명하다), 이런 레어티즈는 여전히 상투적인 재현과 가치의 그물에 사로잡혀 있다는 사실을 그것들이 드러내기 때문이다. 이 그물은 차츰차츰 모든 어휘들과 접촉하며 그것들을 추상성 속에 고착하고, 그 어휘들을 사용하는 이들을 낡은 세계의 질서, 말하자면 삶

---

12 두 산 모두 그리스신화에 나온다.

의 진정한 필요와 직관을 부정하며 모든 충만한 실존의 의지를 질식시키는, 간단히 말해 죽음에 바치는 질서 속에 가둔다.

레어티즈는 오필리어를 사랑하지만, 그가 말하는 언어는 그녀를 대번에 말소한다. 충만한 현존의 역량이 없는 삶으로, 죽음으로 환원시킨다. 자기의식의 피상적 형태들에 사로잡힌 사람으로 예감되는 그이지만, 어쨌거나 레어티즈의 과장은 그가 느끼는 감정을 그의 단어들로 혹시 표현하지 못하지 않을까 걱정하는 것을 포착하게 해준다. 그는 나쁜 말의 "단어들, 단어들, 단어들"을 고발하기는 고사하고 오히려 보탠다. 그러면서 서양의 역사에서 그토록 지속적으로 존재했던 수사학의 의도와 기법들을 드러낸다. 말하는 존재와 세계와의 관계에서 수사학이란 무엇인가? 그것은 활용되는 단어들이 오로지 형태에만 의지하면서 공통적으로 받아들여지는 그것들의 의미에, 다시 말해 일반성, 죽음에 간히도록 돕는 것이다. 그리하여 개론서나 교과서에서 '발견'이라고 부르는 것은, 말의 실행에 다소 쇄신되거나 좀 더 잘 말해진 의미 외에도 더 구할 것이 남아 있다는 사실을 잊게 만드는 (잊게 만들려고 기도하는) 하나의 방식에 불과하다.

행동할 수 있다는 이유로 햄릿이 경탄하는 레어티즈는 유한성의 외침을 억누름으로써만 행동하는 인물이다. 그는 기존의 세계 속에서 행위의 필요와 극단적인 모순을 겪지 않고서는 오필리어를 사랑할 수 없을 것이다. 이것은 결국 보통의 살해보다 더 나쁜 어떤 것이 아닌가? 왜냐하면 아마도 개화할 준비가 된 다른 사람의 자기와의 관계가 이기적 필요에 의해 무시되고, 심지어는 왜곡되고 유린되며, 말의 상실에 따라 억눌리고 있기 때문이다. 내가 보기에 햄릿이 레어티즈에게 달려들어 그의 목덜미, 그토록 아픈 단어들을 쏟아내는 그의 목덜미를 움켜잡으려 할 때, 햄릿이 스스로에게 제기하는 질문은 그렇듯 큰 질문이다.

그러나 살해의 문제에서 햄릿은 첫 번째 죄인임을 자각할 수 있을 것이다. 그 또한 환원하는 말을 자기의 것으로 채택하고 있기 때문이다. 한데 그는 과도한 행동 역량보다는, 환원하는 말이 만들어내는 편견과 특히 여자와의 관계에서 그것의 결과물인 의혹에 대해 그가 때때로 표하는 슬픈 동의를 통해 그렇게 한다. 누이가 아닌 여자들에 대한 레어티즈의 시선(예를 들어 셰익스피어 성찰의 다른 시기에 위치하는 핫스퍼[13]의 것만큼이나 환원하는 시선), 그러한 시선에 그는 가장 극단적이고 가장 무모한 방식으로 목소리를 부여하기도 했는데, 이를테면 오필

---

13 셰익스피어의 『헨리 4세』에 나오는 헨리 퍼시 경의 별명이다.

리어가 멍청이이며 잠재적인 창녀에 불과하다고 비난할 때가 그 경우에 해당한다. 한마디로 처녀의 모든 신뢰, 그녀의 모든 순진하고 아름다운 희망을 유린하기에 충분한 비난이 아닌가?

그렇다. 하지만 이렇게 비난할 때, 햄릿은 자기의 내면 깊은 곳에서 자기가 틀렸다는 사실을 스스로 천명하듯 자기가 더 이상 믿지 않는 질서의 도식에 그저 순응하고 있을 뿐이라는 사실을 안다. 사실 오필리어를 괴롭힐 때 그가 파괴하고자 하는 것은 자기 자신이다. 자기와 세계 앞의 현존, 진정한 현존, 거짓된 추상적 관념들의 무게 아래 질식하고 있지만, 그래도 어쨌거나 살아남으려고 애쓰는 현존에 대한 직관을 그는 자기 내면에, 그러니까 그의 고통의 가장 내밀한 지점에 품고 있다. 이 직관은, 비록 처녀의 육체는 아닐지언정 적어도, 햄릿이 그의 최악의 절망 속에서 사실 사랑하고 있는 존재를 죽이지 않았을 경우, 한결 자유롭게 숨 쉬는 실존 속에서 그녀가 보여주었을 모습의 기억을 생생하게 유지한다. 햄릿은 오필리어의 불행이었다. 하지만 그는 레어티즈보다는 그녀를 덜 부정했다. 그는 최악의 이유를 들어 그녀를 비난했지만 마음 깊은 곳에서는 그녀의 "신비로운 섬세함"을 알고 있었다. 또한 그는 그녀가 그를 신뢰하고 사랑하기를, 다시 말해 그로 인해 존재하기를 그치지 않고 있었음을 안다. 바로 이러한 생각들이, 레어티즈의 허울 좋은 말을 들을 때 그의 머리에 떠오르는 것들이다. 그리고 사람들이 그들을 떼어놓을 때 그로 하여금 다음과 같이 외치게 하는 것들이다.

저는 오필리어를 사랑했습니다. 사만 명의
오라비 사랑을 다 합쳐도 제 사랑의 양에는
미치지 못할 것입니다.

"저는 오필리어를 사랑했습니다!" 햄릿이 무시하고 망가뜨린 이 사랑은 부인할 수 없는 것이다. 사랑의 진실, 타인과의 결합, 존재 의지는 인간 존재 (말하는 존재) 안에서 부인할 수 없는 것이고, 영원히 살아 있을 것이다. 그러나 이러한 사랑을 질식시키고, 그 대상을 우상화하거나 모욕하는 데 필요한 단순한 이미지들을 제공하면서 모든 것을 은폐하고 온갖 목소리를 억누르는 재현과 가치의 거대한 그물은 언제나, 그렇다, 언제나 거기에 있는 듯 보인다. 기존의 언어는 그 단어들의 개념적 사용으로 인해 가능한 말 안에서 그물이 스스로의 안에 갇히게 만들며, 전부 대신 양상들을, 단순한 현존 대신 언제나 허구적인 본질을 선택한다. 한데 이 단순한 현존은 그것과 더불어 "삶을 바꾸기"를[14] 시도해볼 수 있는 것이 아닌가?

11

물론 일상적 실존 속에서도 사랑할 수 있다. 수많은 삶의 상황 속에서, 다시 말해 평화나 위기의 순간 속에서 우리는 주의 깊은 침묵 가운데 생각의 단어들 아래로 다른 존재와 관계를 맺을 수 있다. 심지어는 단순한 사물들과 더불어 정말로, 그리고 평온하게 정다운 충만한 관계를 맺을 수 있다. 존재의 필요는 흐트러뜨릴 수 없으며, 존재는 맹목적인 이성이 단순한 것의 자명성을 대체하는 온갖 견해들을 극복하고 살아남는다.

그러나 이러한 사랑의 역량을, 필연적으로 개념들과 더불어 문제들이 사유되는 차원에 옮겨놓으려 하자마자, 그것은 마찬가지로 필연적으로 뒤틀리며, 혼란을 야기하는 재현으로 뒤덮이게 된다. 그것은 꿈, 환상이 되며, 그물, 함정 속에서 스스로를 추스르려고 한다 해도 너무나도 자주, 이미 때는 늦을 것이다. "저는 오필리어를 사랑했습니다" 하고 햄릿은 외친다. 하지만 외치는 그 장소는 사랑하는 여인의 무덤 앞이다. 그는 너무 늦게 인식했다. 그런데 얼마나 자주 이러했던가? 정신의 서

---

14 프랑스 시인 랭보의 장시 『지옥에서 보낸 한 철(Une Saison en Enfer)』에 나오는 말로, 서양 근대문명에 반항한 시인의 핵심 명제를 구성한다.

양 국가들, 도래하는 밤의 나라들에서 말이다. 미네르바의 새가 비상하는 것은 밤이 내릴 무렵이던가? 그렇다. 하지만 그것은 바로 그 새가 밤을 퍼뜨리기 때문이다. 이제 더 이상 살아 숨쉬는, 맑은 자연의 위대한 밤은 없다. 별이 빛나는 하늘도 없다. 대신에 한낮의 어둠, 발판이 허물어져 내리는 깜깜한 암흑이 있을 뿐이다.

너무 늦었다! 커다란 기회의 상실을 인식한 이후, 세계와 삶에 대한 관계가 처하게 된 위험, 이 문제를 셰익스피어는 성찰의 성격이 강한 『햄릿』의 마지막 부분에서 검토하며 "준비 readiness"라는 이름을 붙인다. 이 개념은 모든 것의 비의미 또는 죽음을 가리킨다. "준비"란 가치 있는 그 어떤 의미도 더 이상 부여할 필요가 없는 행위를 감수하는 것이다. 함정임이 분명하며 목숨 자체가 걸려 있는 결투의 제안을 햄릿이 꾸미지 않은 무심함을 드러내며 받아들일 때, 승리하는 것은 바로 그 체념이다. 무슨 상관인가, 하고 그의 주의를 촉구하는 호레이시오에게 그는 말한다. "지금 온다면 앞으로는 오지 않을 것이네." 오는 것을 받아들이는 것. 이는 다른 누군가와 실존의 신비로운 자산을 공유할 때 그것을 원하고 실행할 수 있듯이 삶의 일치에 더 이상 참여하는 것이 아니라, 이제 어디에서도 오지 않으며 지평 없이 사라지는 하나의 물결이 들어올리고 비추었다가 이내 빠뜨리고 마는 난파의 잔해에 불과해지는 것이다. 곧 자기를 비존재에 방기하는 것이다. 삶이 다시 쓰려고 시도했던 질료 속으로 소실되는 신의 섭리의 꿈(이미 자아의 존재 의지를 포기하는 것)이라고나 할까.

여기에 명석함이 있는가? 그렇다. 어떤 사람들에게는 말이다. 마지막 날의 햄릿이 그중 하나이다. 하지만 이 지성은, 허무주의를 주워 독을 증류하는 이데올로기에 맞서 아무런 힘도 가지지 못한다. 햄릿의 "저는 오필리어를 사랑했습니다", "너무 늦었다"라는 말은 서양의 "너무 늦었다"이다. 이때 서양은 지금까지 모든 우애, 정의의 혁명의 서원을 낙담하게 하며 그것을 스스로 유발한 퇴색한 생각들의 결집체에 무방비 상태로 넘겨주는, 그리고 그럼으로써 그 생각들의 요청이 포함한 가장 저열하고 비천한 양상들에 신빙성을 부여하는 그런 서양이다.

2장

셰익스피어의 결단

La décision de Shakespeare

1

우리는 방금 『햄릿』의 마지막 부분을 관통하는 "너무 늦었다" 는 외침을 들었다. 이 외침은 모든 현대적 실존에 대해 의미를 갖는 듯 보인다.

따라서 우리는 이제 이 "너무 늦었다"가 과연 작품의 마지막 확인인지, 거기에 담긴 풍부한 의미들의 바탕이 단지 절망적인 비의미의 단언에 불과한지 질문해야만 한다. 셰익스피어의 가장 근본적인 성찰에 대한 이 불안한 질문은 여하튼 어떻게 『햄릿』이 그토록 분명하게, 그리고 또 순진한 희망의 억눌림이 주제의 표면적 현상으로 자리 잡으면서 더욱더 매혹했는가 하는 점을 이해하게 해준다. 진실이라고 예감하는 거울에 어떻게 자신을 비춰보지 않을 수 있겠는가?

셰익스피어가 우리의 생각을 지배한다면, 그것은 우리의 생각이 경각심을 느끼기 때문이다. 한데 심지어 『햄릿』에서도 그는 두려움의 양식만을 가져다주고 있는가? 이 저버린 존재 의지의 비극에서는 의미의 모호함들이 의미의 희망에 아무런 자리도 남겨주지 않으면서 취합되는 것이 사실인가? 나는 그렇게 생각하지 않는다. 나는 『햄릿』이 결국에는 그 이상임을 확인할 수 있다고 믿는다. 『햄릿』은 우리가 지금 손에 쥐고 있는 텍스트이기에 앞서 생성하는 중에 있는 글쓰기였고, 나는 그렇게 남아 있는 성찰 속에서 다른 모든 차원들에 잠재된 하나의 차원을 본다. 글쓰기? 그것은 사용된 각각의 단어 속에서 언제나 좌절되는 어떤 가능성에 대한 귀 기울임이다.

나는 작품의 여러 중심 가운데 하나인 「쥐덫」이나 「곤자고의 살해」로 되돌아온다. 나는 글쓰기라는 본질적인 시각에서 접근할 때 나타나는 그것의 특별한 기이함에 사람들이 더 큰 관심을 보이지 않는다는 사실이 놀랍기만 하다. 여기서의 글쓰기는 『햄릿』, 나아가 셰익스피어의 모든 비극과 희극에서 우세함을 보이는 글쓰기와 매우 다르다. 다만 셰익스피어가 그의 경력 말기에 『템페스트 The Tempest』에서 동원하는 가면의 글쓰기만은 예외이다. 나는 이 작품에서 (내가 틀렸는지도 모르겠지만) 셰익스피어가 『햄릿』이 깨닫게 해준 것으로 되돌아오는 것을 본다.

강조하건대, 이 '연극 속의 연극'은 정말로 놀라운 방식으로 쓰였다. 이는 셰익스피어의 의도에 따라 『햄릿』의 다른 대목에서 연극성이 수면 위로 떠오르는 다른 두 경우와 그것을 비교할 때 더욱 두드러지게 나타난다. 이 지점에서 나는 아직 이 비극의 텍스트 자체를 그 첫 대사, 곧 맨 처음의 "거기 누구냐?"부터, 그 역시 하나의 질문인 햄릿의 마지막 대사까지 상

72

햄릿의 망설임과 셰익스피어의 결단

기시키지는 않겠다. 셰익스피어가 쓴 텍스트, 다시 말해 작품 전체의 바탕 자체인 텍스트와의 관계에서, 거기 삽입되는 다른 텍스트가 스스로의 다름을 분명히 표시하고, 자기 성격의 넘침을 통해 그것을 이룩하는 것은 당연하다. 필연적인 과장이 '덫'의 부풀림에 대한 설명으로 충분할 수 있다.

그러나 『햄릿』에는 다른 텍스트 또는 다른 개념의 텍스트가 존재한다. 작품의 나머지 부분과 구별되는 그것들 가운데 하나는 내가 벌써 설명한 「프리아모스의 죽음」과 「헤카베의 외침」의 이야기이다. 다른 하나는 햄릿이 배우들에게 연극에 대한 자기의 생각을 설명할 때 그려지는 작품으로, 언급되기는 하되 전혀 인용되지는 않는 작품이다. 그는 이 작품의 주제를 명시하지는 않지만 그것의 글쓰기는 명확하게 규정한다. 이렇게 클로디어스가 들어야만 하는 작품이 차이를 나타내는 것은 우선 이 두 개의 다른 텍스트와의 관계에 의해서이며, 바로 이 차원에서 그 작품은 텍스트 안의 텍스트인 연극 속의 연극에 대해 성찰해볼 것을 요구한다.

「곤자고의 살해」에 대해, 그리고 우선 이 멜로드라마의 화법과 양식에 대해 생각해보자. 햄릿은 이 작품에서 진실과 효과를 발견하는데, 왜냐하면 그는 함정을 꾸미기 위해 그것을 선택하고 심지어 "그의 방식대로 열둘이나 열여섯 행"을 추가하기 때문이다. 이 작품에서 놀라운 점은 고정된 형식이 말을 압도한다는 사실이다. 경직된 운율, 강박적으로 돌아오는 각운은 어휘를 오그라들게 하는데, 이는 삶의 사건들을 뉘앙스와 함께 표현하기에 별로 유리하지 못한 것에 속한다. 햄릿은 클로디어스의 안에서 마음의 동요가 생겨나고 거트루드에게 그것을 일깨우길 원하지만 그 거슬리는 바퀴와 사슬들은 거기에 부응하지 못한다. 이러한 굴레들 아래에서 극중의 왕과 왕비는 조종하는 이에 의해 천천히 서투르게 움직이는 꼭두각시들일 뿐이다. 따라서 그들의 대사를 지배하는 것이 진부한 표현과 상투어들이라고 해서 놀랄 것은 전혀 없다. 「곤자고의 살해」에는 생각과 의도가 있다. 하지만 그것들은 미리 결정되고 고정된 것으로서, 좀 더 자유로운 글쓰기 속에서 그것들과 충돌할 수 있는 한결 진정한 생각들을 가로막는다. 게다가 태양의 수레나 텔루스[1] 또는 넵튠에 대한 구태의연한 암시 말고는 그 어떤 이미지도 없다. 그런데 이미지란 원래 이러한 가공의 것 안에는 결코 자리 잡을 수 없는 무의식에 속하는 것이다.

따라서 이 연극은 전날 배우를 뒤흔들어놓은 시구들을 통해 상기된 트로이 멸망의 연극과 매우 다르다. 거기에서는 직접

---

1 로마신화에 나오는 대지의 여신이다.

적이며 놀랍도록 구체적인 광경들, 예컨대 엉긴 피, 무기 부딪치는 소리가 아우성과 외침 가운데 서로 충돌한다. 우리는 그것을 이해한다. 그것은 여기, 지금에 속한 남자들과 여자들의 내밀한 경험이다. 정말로 비극적인 시간, 텍스트는 일분일분 집요하게 나아간다. 서투르지만 세차게, 모든 모범적인 수사학 교과서가 설파하는 단어의 적절함(헤카베의 "담요"라니!), 그리고 부분들 사이의 균형에 대한 조언을 무시하면서 말이다. 달리 말해 이「헤카베의 외침」에서 형태는 단어들을 짓누르지 않는다. 그것은 단어들이 자신들보다 앞에서, 다시 말해 삶 속에서 탐색하도록 한다. 그것은 단어들이, 감정을 고갈시키는 이변 없는 사용으로부터 해방되도록 돕는다. 따라서 곤자고의 살해를 프리아모스의 살해 쪽에 위치시켜서는 안 된다. 결과적으로『햄릿』에서 셰익스피어의 글쓰기가 아닌 다른 글쓰기가 나타나는 두 경우는 서로 비슷해 보이지 않는다. 햄릿의 생각 속에서 그것들이 연이어 나온다는 사실(트로이 멸망의 이야기가 빈에서의 살해를 회상하도록 했다)은 둘 사이에는 하나의 이행, 곧 앞의 것의 듣기에서 뒤의 것의 구상으로 나아가는 이행이 있어야만 한다는 사실을 의미해야 함에도 불구하고 말이다.

2

그런데 이 이행은 햄릿이, 함정을 놓기 위해 자신이 선택한 작품을 연습하는 배우들에게 털어놓는 생각에 비추어 설명될 수 있지 않을까? 놀라운 일이지만, 이 생각은 느긋하고 거의 명랑하며 긴 만큼 (긴 독백 둘에 해당하는 길이다) 명확하게 표현되어 있다. 하지만 (적어도 처음 보아서는) 그 신중하고 단순한 명제들에는 햄릿이 어떤 경로를 통해 프리아모스의 살해에 관한 그토록 파란 많고 격렬한 이야기에서, 그가 공연하기로 결정하는 작품처럼 정적이고 부자연스러운 작품에 대한 상기로 이행하게 되었는지 말해줄 만한 게 아무것도 없다.

사실 햄릿이 배우들에게 털어놓는 생각은, 연극을 이해하는 두 가지 방식 모두와 아무 상관도 없어 보인다. 이 즉흥적인 연출가(하지만 그와 배우들과의 관계는 매우 편해 보인다)가 배우들의 연기에서, 그리고 공연하는 작품들에서 은연중에 기대하는 것은 머릿속에 「곤자고의 살해」를 담고 있는 이들을 놀라게 할 소지가 있다. "모든 연기를 절도 있게 하게. …… 열정의 회오리 속에서도 그것을 매끄럽게 해줄 절제를 찾아서 느껴지도록 만들어야 해" 하고 그는 배우들에게 말한다. 또 "자연스러운 자제를 잃지 말 것"을 요구하는데, 왜냐하면 그것은, 그가 분명히 말하는 것처럼, 자연과 마찬가지로 사회를 향해 그 미덕과 악덕을 비추는 거울을 제시하는 데 목적을 두는 연극의 의도로부터 이탈하는 결과를 가져올 것이기 때문이다. 이 거울은 그 어떤 것도 과장하거나 약화시켜서는 안 되며, 배우는 몸을 흔들거나 "고함을 지르면서" 그 고귀한 진실의 투사를 배반하길 삼가야 한다. 그러한 방식은 뉘앙스를 띤 만큼 진지해야만 하는 탐색으로부터 주의를 분산시킬 수 있다.

실천의 열매인 듯 보이는 그 같은 신념을 가지고 이러한 원칙들을 말하는 이는 도대체 누구인가? 몸소 작품 속에 들어온 셰익스피어 자신인가? 그렇게 생각하기 쉽지만 그것은 오류이다. 셰익스피어는 분명 배우들의 과도한 연기와 그의 비극들, 그리고 심지어 희극들까지도 매우 진지하게 개진하는 것을 가려서는 안 된다고 생각했을 것이다. 그러나 그는 열정의 회오리를 "절제" 아래 놓는 "절도"의 개념을 조금이나마 자기의 것으로 삼을 수 있었을까? 예컨대 리어의 노호怒號에 그런 종류의 절제가 있는가? 맥베스의 고뇌, 혹은 자기 목을 베기 전 오셀로의 절규에는 어떠한가? 아니면 (이번에는 『햄릿』 자체 내에서이다) 사념에 잠긴 듯 콧노래를 부르는 오필리어의 긴 표류에는 어떠한가? 절도의 개념을 염두에 두고 있었다면 셰익스피어는 그토록 분명하게 무의식에 귀를 기울이며 이성을 알지 못하는 생각을 담고 있는 햄릿의 독백들을 쓸 수 없었을 것이다.

절도란 하나의 시선으로, 각각의 사물이나 사건을 이미 형성된 관념 속에 가둔다. 이 시선은 이따금 그 편견을 문제 삼는 것에 동의하기는 하지만, 그것은 어디까지나 좁은 한계 내에서이다. 분석적 자질을 지닌 개념화된 단어들로 완전히 환원될 수 있는 절도는 고유명사라고는 전혀 알지 못한다. 그것은 지성에 속하지 가슴에 속하지 않는다. 이는 절도가 이성의 축조물을 뒤흔드는 바깥에 대해 소경이고 귀머거리임을 뜻한다. 다시 말해 셰익스피어가 강렬한 설명을 제공했다고 우리가 말하는, 정신을 넘쳐나는 실재를 절도는 알지 못한다는 것이다. 설사 햄릿이 이 성찰의 순간만큼 절도를 설파하고 있다해도, 극도로 어둡고 추운 밤 성벽 위에서 망령을 기다릴 때는 그것을 생각하지 않았다. 따라서 현재 그가 『맥베스Macbeth』와 『리어 왕King Lear』을 쓴 저자의 대변자라고는 생각하지 말자.

하지만 그렇다면 『햄릿』을 구상할 수도 없고 뒤에 오는 작품들을 설명할 수도 없는 시학을 어째서 제시한단 말인가? 우리는 이 시학을 벤 존슨[2] 풍의 시학이라고 말할 수 있을 것이

---

2 벤 존슨(Ben Jonson, 1572~1637)은 셰익스피어와 동시대에 속한 영국의 극작가이자 시인이다.

다. 왜냐하면 절제와 절도의 의미를 발견하기 위해서는 이 시대 풍속의 정직한 증인이 찬성과 반대 사이에서 겪었던 고민, 그리고 자제와 과도함, 신중과 경솔에 대한 그의 본능적인 감각이 필요하기 때문이다. 이러한 것들은 평범한 사회적 사건들의 검토에서 확인되는 세심함의 표지들로서 열정의 폭풍우는 그것들을 휩쓸어버린다. 『햄릿』의 이 대목에는 동시대 연극에 대한 분명한 암시가 있고, 따라서 우리가 셰익스피어의 라이벌을 생각하는 것은 합당하다. 어쨌거나 벤 존슨이 정확히 같은 시기의 작품인 『삼류 시인Poetaster』을 통해 셰익스피어의 성찰을 유발할 수 있었다고 우리는 말할 수 있으니, 거기에는 햄릿이 놓는 함정이 보여주는 과도한 문체로 글을 쓰는 작가들에 대한 풍자가 있다.

그러나 연극 이론가 햄릿이 설파하는 가치들이 「프리아모스의 죽음」과 「곤자고의 살해」 사이를 뛰어넘은 그의 발걸음을 설명해주지 못한다는 사실은 그대로 남는다. 따라서 이 지점에서 우리는 작품의 의미의 연쇄에서 하나의 충돌, 거의 하나의 아포리아[3]로 나타나는 것을 확인해야만 하며, 그것은 거기서 분별되는 연극의 세 가지 개념, 다시 말해 진실(그것이 있다

---

3 합리적 차원에서 해결이 어려워 보이는 문제를 뜻한다.

고 한다면)에 대한 무대 언어의 세 가지 관계의 동시적이며 이질적인, 또는 모순적인 존재를 가리킨다. 이제 내 질문은 이것이다. 이 상이함이 설명되고 대립하는 것이 분절되는 것을 기대할 수 있는가? 이는 셰익스피어에게서, 그것이 의식적이건 의식적이지 않건, 결단이 내려지는 층위에 바야흐로 접근하는 것을 가리킨다. 그리고, 누가 알겠는가, 『햄릿』에서 잿빛 풍경 위로 약간의 밝은 하늘을 드러내고 너무나도 일사불란하게 허무주의적인 해석을 재검토하도록 만드는 것을 가리킨다. 나는 굳이 감추지 않겠다. 나는 그것이 가능하다고 믿는다. 아울러 작품에는 아직 모습을 드러내지 않은 의미의 층위가 있다고 생각한다.

3

「프리아모스의 죽음」은 잠시 잊도록 하자. 우리는 나중에 그리로 다시 돌아올 것이다. 지금은 『햄릿』이 성찰을 제안한, 연극에 대한 두 가지 견해에 전념하도록 하자. 한편에는 왕자가 배우들에게 요구하는 절도와 절제, 다시 말해 사실로 간주되는 것에 충실하고자 하는 개념적 사고의 뉘앙스에 대한 분명한 충성이 있다. 다른 한편에는 「곤자고의 살해」, 그러니까 귀를 통해 자행된 살해의 이야기에서 관찰되는, 내용에 대한 형태(그것도 어떤 형태!)의 터무니없는 우위가 있다.

언뜻 보기에 이 견해들은 더 할 수 없이 대립적이고, 따라서 두 번째 것의 공허한 단어들과 헛된 리듬을 준비하는 햄릿이 첫 번째 것의 손을 들어준다는 사실을 이해하기는 쉽지 않다. 하지만 생각해보면 이 두 시학 사이에서 실제적인 상이함을 정말로 확인해야만 하는가? 『햄릿』의 근본적인 문제, 간단히 말해 의미와 존재의 어려운 관계를 염두에 둘 때, 그것들은 서로 다른 두 층위에 위치하는 단 하나의 같은 생각일 뿐이라는 사실을 이해해야만 한다. 그런데 이 생각은 작품의 마지막과 혼동되는 존재론적 재난을 유발할 것이다.

절도와 절제를 말하는 이에게 진실이란 무엇인가? 그것은 우선 현혹하고 속이기 위해, 말이 다른 말을 대신해서 언술되는 상황들이 사회적 실존의 도처에 존재한다는 사실을 확인하는 것이다. 연극은 확실히 이러한 보편적 주장의 조작들을 관찰하기 위한 좋은 방도이다. 연극은 그런 것들의 거울이 될 수 있고, 심지어 그렇게 되어야 할 의무를 갖고 있다. 단어를 사용할 때 정확함에 주의를 기울이면서 말이다. 왜냐하면 이 정확함이 없을 경우, 저자는 비판적 입장을 취하려고 해도 자기 현혹의 함정에 빠질 위험이 있기 때문이다.

그러나 이 시선이 가정하는 것은 무엇인가? 그것은 그 시선이 확인하는 주장들이, 그리고 그것이 묘사하는 사건들이, 관찰된 사회가 행위, 앎과도 같은 목적에 현실을 종속시키는 방식대로 대번에, 그리고 지속적으로 지각된다는 사실이다. 그런데 자연적이거나 사회적인 그 현실을, 바깥이라고 부를 수 있는 것을 통해, 즉 현실을 파악하게 해주는 양상들 전체를 통해 연구하지 않으면 풍요로워지지도 않고 권력을 행사하지도 못하며, 심지어 지식, 그러니까 물질적 현실에 대한 지식을 심화하지도 못한다. 그것은 따라서 양상들을 지시하는 개념들에, 달리 말해 일반화하는 성향을 지닌 분석적 사고에 골몰하는 일이거니와, 이 사고는 해체를 가져오는 시간, 우연, 유한성과의 관계에서 존재들은 과연 무엇인지를 더 이상 알지 못한다. 그리하여 도식, 시스템, 추상이 실존에 대한 공감적 지각을 대체하기에 이른다. 하지만 의미 있는 유일한 실재인 다른 존재들과의 관계가 수립되는 것은 바로 이 공감적 지각의 층위이다. 절도와 절제의 시학은 그렇게 사회에 대한 그 같은 시선과 일체가 된다. 따라서 그것 역시 하나의 깊은 몰이해이다.

여기에는 불길한 결과들이 수반되는데, 가장 심각한 것은 꿈이다. 그렇게 개념적으로 사는 사람들은 절대로 자신들의 유한성을 완전히 잃어버리지 않는다. 무의식적이나마 그들은 항상, 그 추위 한가운데 살기를 수락한 세계의 부족한 실재를 느낀다. 그리하여 존재론적 결핍을 상쇄하기 위해 그들은 개념의 그물에서 발견되는 이러저러한 형상이 어쨌거나 존재를 갖고 있으며, 어쨌거나 진정한 실재라고 믿으려는 시도를 할 수 있고, 그 형상의 양상들은 그렇게 실재의 정수가 된다. 이러한 생각이 바로 꿈이다. 그것이 존재와 형상, 존재와 기호 사이에서 수행하는 재결합은 거기서 자기의 이익, 욕망, 우연을 작동하게 하는 사람에 의해 결정되기 때문이다. 꿈, 그것은 세계에 대한 지배적인 관념을, 꿈꾸는 이의 특수성이 규정한 다른 관념으로 대체하는 것이다. 꿈, 그것은 이번에도 여전히, 죽음을 향해 가는 시간의 망각이다. 이러한 환상의 결과는 처참하다. 자유로운 개념적 사고는 스스로의 가정들을 지속적으로 문제 삼는 만큼 그것은 나름대로 사물들의 다양성을 구하고 또 만나며, 이 다양성은 사물들이 그것을 대체하는 양상들과는 전혀 다른 것임을 기억하도록 돕는다. 반면에 꿈의 사고는 처음의 선택들 위로 철저히 닫는다. 그것의 주관성으로 인해 너무 허약해진 나머지, 통제할 방법이 없는 상황들에 노출될 수가 없는 것이다.

이 절대의 꿈은, 그러나 개념화된 단어들 속에서 스스로를 찾고, 실제로 개념화를 활용해 형상을 얻고 또 몇몇 형상들에 가치를 부여할 것이며, 나는 그것을 미학적 환상이라고 부를 것이다. 그리고 그것이 시를 받아들이지 않는 한, 예술의 작업이라고 부를 것이다. 탐미적 예술은 아름다운 세계를 구상한다. 아니 차라리 그렇게 보이는 것밖에 다른 도리가 없다. 왜냐하면 실존적 조건의 뒤죽박죽 속에서, 스스로 형성하는 바람에 맞춘 선택에 따라 그것을 구축했기 때문이다. 이 선택은 인간적, 실존적 가치가 없지 않은데, 설사 그것이 환상에 불과하다고 하더라도 그 바람은 삶의 진실에서 퍼올린 것이기 때문이다. 하지만 예술의 세계는 그래도 여전히 비실재이고, 거기에는 슬픈 결과가 따라붙는다. 마땅히 그렇게 해야만 하는 양, 외관에 불과한 것을 우상화하는 행위는, 실재인 것을 부족함으로 평가하면서, 이 부족함을 악으로 단정하고 어둠 속에 던져버리는 것에 다름 아니다. 악, 그것은 꿈의 바깥이다. 꿈의 안으로 미끄러져 들어가 완전히 재편할 수 없었던 것을 취하는 경우를 제외하고는 말이다. 여기서 초래되는 결과는, 꿈꾸는 이가 도처에서 모든 것을 의심하며 스스로에게서 신뢰를 박탈해버리는 사태이다. 한데 이 신뢰는 사슬을 끊는 데 필요한 것이다. 그리고 자유를 되찾는 데에도 필요하다.

꿈은 삶을 악화시킨다. 그것은 그것을 원하지 않는 이들(또는 그것을 별로 원하지 않는 이들)로 하여금 어려운, 심지어는 고뇌에 찬 질문들을 제기하게 만든다. 예컨대 진실을 위해 아름다움은 거짓되고 존재를 파괴한다는 사실을 단언해야만 하는가? 실재와 꿈, 아름다움과 악에 대한 성찰은 『햄릿』 연구에서 엉뚱한 주제가 아니다. 셰익스피어 자신이 『햄릿』을 쓰기 얼마 전에 나름대로 그 성찰을 행했기 때문이다. 그것은 (먼저 이탈리아에서 그리고 이따금 엘리자베스 시대의 영국에서) 이미지로부터 아름다움을 찾고 확립했던 세기가 끝나갈 무렵에 쓰인 셰익스피어 소네트들의 존재 이유이다.

영원한 미학적 열망의 가장 높은 물결 가운데 하나가 바로 곁에서 잦아드는 시각, 다시 말해 이상화하는 몽상에 완전히 적합한 압축적 형태인 열네 행 시구의 유행이 옆에서 잦아드는 시각에서 쓰인 셰익스피어의 소네트들에는 과연 무엇이 있는가? 시집의 첫 부분부터 우리는 내가 꿈이라고 부른 기획, 다시 말해 존재 외양의 양상 가운데 하나를 절대화함으로써 존재를 다시 세우는 기획이 명료하게 표명되어 있는 것과 마주친다. 그것은 한 청년에 대한 찬양이지만, 그의 아름다움에 대해서는 그토록 많은 찬사에도 불구하고 회의를 품도록 요청하고 있다. 왜냐하면 하나의 육체, 그리고 아마도 하나의 영혼에 대한 미친 듯한 경탄을, 바로 그것을 제안하는 텍스트의 지속적인 음악성으로 감싸고 간수하고 생동감 있게 유지한들 아무런 소용도 없으며, 그것이 얼굴에 선을 부여하는 데 이르지 못하기 때문이다. 한데 우상의 발치에는 그와 더 없이 다른 사회, 곧 형태가 와해된 세계가 발견된다. 거기에서는 악의 존재를 입증하는 타락한 여인 "다크 레이디"가, 그리고 그로부터 멀지 않은 곳의 가짜 시인이 기승을 부리고 있다. 이 가짜 시인의 모호한 수작은 당혹스럽다. 믿을 것이 요구되는 절대적 존재를 도처에서 비존재가 에워싸고 있다. 그러나 셰익스피어의 시구들이 믿음의 확고한 표현이 아니라 은밀한 고발임을 포착하는 것은 바람직하다.

내가 보기에 셰익스피어의 소네트들은 예술의 변증법을 명백하게 드러내어 고발하는 듯 보인다. 이 예술의 변증법은 형상으로 남아 있는 것에서, 그리고 선택적 지각을 통해 가까운 이들과 사물들에 대한 몽상가의 관계를 빈약하게 만드는 것에서 충일한 실재를 본다고 생각하는 꿈이다. 이 시들에서 남자와 여자의 관계가 얼마나 빈약한 도식을 보여주는지! 셰익스피어의 다른 작품들에 나타난 남성이나 여성의 존재와 비교할 때 그것은 어찌나 보잘것없는지, 우리는 그것이 예술적 상상세계의 함정에 대한 일종의 경고라는 사실을 의심할 수 없거니와, 이러한 태도는 한 사람의 진지한 인간조건 관찰자가 수행한 성찰의 열매가 아닐 수 없다. 그런데 그 단순한 표면의 맹세서 아래 빈 곳에는 장차 도래할 위대한 연극의 상황과 과제에 대한 예감이 도사리고 있다. 비극들 바로 이전 시기에 쓰인 이 소네트들은 벌써 『오셀로Othello』, 『겨울 이야기The Winter's Tale』, 『템페스트』에 대한 성찰이니, 그것은 바야흐로 그려지기 시작하는 하나의 프로그램이다.

4

그것들은 또한 『햄릿』을 밝혀주지 않는가? 그것들을 생각하면서 우리는 연극 속의 연극이 개인의 양심에 함정을 놓는 기계이기보다 정신이 스스로를 가다듬을 수 있도록 하기 위해 말에 부과된 하나의 시험이라는 사실을 이해할 수 있다.

우선 소네트들이 도달한 인간 드라마의 빈약한 관념(미남 청년, "다크 레이디")과 『햄릿』의 근원적 상황 사이에서 하나의 유의미한 일치를 주목하도록 하자. 청년은 비존재의 단순한 양상들에 불과한 남녀들 사이에서 존재의 현현일 테고, 이러한 사실을 통해 그는 자신을 구상한 저자가 사람들로 하여금 실존에 대해 갖는 관념들이 실재에 근거한 것이라고 믿게끔 할 것이다. 이와 비슷하게 노인 햄릿은 비록 슬픈 덴마크의 과거에 갇혀 있지만, 세계 질서의 가치의 보증으로 남아 있는 동시에 그 재현과 가치의 시스템은 탐욕과 간계가 가한 공격에도 불구하고 실재 자체였다. 그리고 지금도 여전히 그러하다는 사실을 믿게 해줄 방법들(예를 들면 복수)의 제안으로 남아 있다.

그리고 절개 없고, 음탕한 존재로 제시된 아내로 "다크 레이디"인 듯 보이는 거트루드가 있다. 그녀의 곁에는 클로디어스가 있는데, 그는 소네트들에서 아름다움과 덕성을 열성적으로 찬미하는 이를 불안하게 하는 능변가를 닮았다. 따라서 『햄릿』의 근원과 시들에는 동일한 도식이 자리 잡고 있고, 이로부터 셰익스피어가 희곡에서도 역시 존재의 꿈을 성찰의 대상으로 삼고 있다고 추정할 수 있다. 그는 그것을 근본적인 구조 안에서, 그리고 벌써부터 실질적인 실존에 대한 효과와 함께 접근한다. 이를테면 소네트들이 발견하는 남녀의 빈약한 관계가 좋은 예이다. 하지만 그저 확인에 그치는 소네트들과 달리 비극은, 두려워하는 것 너머에 어떤 중요한 것이 가능성으로 남아 있다는 느낌에서부터 시작하는 듯 보인다. 과연 『햄릿』에는 하나의 행위가 있고, 한 남자가 한 여자에게 애착을 느낄 것이며, 그는 자신이 슬픈 유산으로 받은 여성에 대한 의혹을 떨쳐버릴 수 있을 것이라고 희망할 수 있다. 그런데 그는, 사실 모든 것이 썩은 덴마크에서 그가 존재 자체로 인식하는 아버지에 대한 헌신이 지닌 위험을 간파해낼 수 있을 것인가? 그는 그에게서 겁먹게 하고 당혹스럽게 만드는 이상화된 이미지와는 다른 것, 그 이상의 것을 볼 수 있을 것인가? 무구武具를 갖춘 군주가 아니라 실내복을 입은 평범한 사람을 기억하면서 말이다.

『햄릿』, 간단히 말해서 그것의 초기 구상은 소네트들의 상황을 보여준다. 하지만 거기에는 오필리어가 있고 햄릿이 그녀에 대해 느끼는, 그러나 곧 학대받는 사랑이 있다. 따라서 저자인 셰익스피어는 아마도 정신의 경화硬化에 대해 성찰할 계획을 갖고 있다고 볼 수 있는데, 이 정신의 경화는 그것을 거부하는 이들에게까지 영향을 미친다. 그렇다면 이러한 조건에서 슬픈 왕자에게 모순적인 것이 아니라면 대단히 모호한 성질을 띤 희망의 순간으로 다가왔던 그 "연극 속의 연극"이 의미하는 것은 무엇인가? 그것은 해방이 가능함을 단언하는가? 아니면 사회의 경화가 말 속에 자리 잡고 저항하는 방식을 드러내는가?

이미 말했지만 「곤자고의 살해」에서 승리하는 듯 보이는 것은 슬프게도 저항이다. 함정은 이 저항을 무너뜨리려는 희망 위로 닫히면서 『햄릿』의 마지막 부분에 이르러 초기 구상의 가장 가혹한 양상들을 복원한다. 동일한 "등장인물"(세상이 되찾을 수 있는 의미를 어둠 속에 붙잡아두고 있는 죽은 왕, 어리석거나 신의 없는 왕비, 모든 질서가 산출하는 악의 행위자이자 증거인 배반자)이되, 책임과 위대한 과제의 상속자에게서 경화의 해소를 희망하게 해주었던 생명의 잔재는 이제 더 이상 남아 있지 않다. 클로디어스는 비틀거리는 육체 위로 가짜 왕관을 얹은, 존재 없는 텅 빈 몸짓과 담론을 주워섬기는 마네킹들과 다름없다. 거트루드는 어떠한가? 아마도 하나의 불안일 것이다. 그러나 행동은 불가능하다. 햄릿은 어떠한가? 존재마저 거부해야 할 악에 매혹된 채 스스로와 싸우는 정신이다. 거기에는 죽음의 도식이 사회의 반영으로서 전적인 지배를 행사하고 있는 듯 보인다. 그리하여 『햄릿』에서 발견하는 연극 속의 연극은 소네트 작업에서 셰익스피어가 포착한 말 속의 닫힘을 되풀이하고 있는 것처럼 여겨진다.

그러나 여기서 비관적 결론의 가장 어두운 양상 가운데 하나를 발견하면서 다음의 사항을 이해하도록 하자. 이 소외의 지속은 우리를 놀라게 하고 당혹스럽게 만들었던 것, 곧 햄릿이 잠시 설파하던 절도의 시학으로부터 그가 자신의 의도를 실행하기 위해 선택한 텍스트로의 이행을 잔인한 빛으로 밝혀준다. 하나는 개념적 사고의 한 형태로서 능동적이고 탐구적이지만 바깥의 진실에, 따라서 그것을 경화시키는 꿈에 바쳐져

90
햄릿의 망설임과 셰익스피어의 결단

있는데, 이러한 개념적 사고의 형태는 실존의 차원에서 그것들을 죽음으로 만든다. 그리고 다른 하나, 어색하고 우스꽝스러운 작품은 어떠한가? 그것은 보고자 하는 이에게 제시된 확대된 경화이다. 그것은 『햄릿』의 구조에서 분석적 사고가 귀결되는 치명적 원圓에 대한 확인이다.

연극 속의 연극, 그 경화된 단어들, 그 과장은 결국 절도의 시학이 정신에게 무릅쓰도록 하는 위험의 강조에 불과할 수 있다. 그들의 모순적인 외관에도 불구하고 햄릿이 제시하는 연극의 개념과, 그가 왕과 궁정 앞에서 무대에 올리는 작품은 동일한 비존재일 뿐이다. 페트라르카 전통의 소네트들이 표면적으로는 아름다움과 진실의 결합으로 나타나지만, 그 꿈 아래에는 오류와 편견의 지속이 자리 잡고 있는 것처럼 말이다. 『햄릿』의 두 순간에 대한 비교는 이렇게 개념을 통해 이루어지는 사고가 걸려드는 형이상학적 함정을 드러낸다. 그것들은 그같은 사고가 조성한 공간 속에 출구가 없다는 사실을 지시한다. 그리고 이 지시는 작품의 마지막 대목에 이르러 오필리어의 무덤 앞에서 햄릿이 지르는 절망의 외침이 웅변하는 비관적 가르침을 보강해주는 듯 보인다. 따라서 그 절망은 햄릿이 또다시 복수의 기획을 믿고자 시도할 때 실제로 느끼는 절망일 수 있다.

5

그러나 행위의 측면에는, 지금까지 우리의 생각이 머물러온 차원에서는 해결이 어려워 보이는 문제들이 제기된 채 그대로 남아 있다는 점을 유념해야 한다. 만약 「곤자고의 살해」가 햄릿의 포기와 허무주의를 입증하는 듯 보인다면, 어째서 이런 햄릿은 연극에 대한 그의 생각과 그토록 공격적으로 단절된, 또는 헤카베의 고통을 말하는 시구 속에서 그가 자발적으로, 그리고 심오하게 좋아했던 것과 단절된 종류의 텍스트에 호소한단 말인가? 그가 왕 앞에서 공연하고 있다는 사실을 잊어야 할까? 이는 어쨌거나 그가 스스로에게 행하는 시험에 도발의 차원을 추가한다. 햄릿은 단순히 그의 체념을 말하는가? 아니면 이 체념을 파괴하고자 하는 그의 희망에, 장차 증인이 되어줄 이들을 끌어들이고자 하는가? 또한 우리는 어째서 셰익스피어가 자기의 것과 별로 유사하지 않은 시구들을 그토록 오랫동안 즐기는지 물을 수 있다. 여하튼 이 연극 속의 연극에는 이해해야 할 것이 하나 또는 여럿 더 있을 수 있다.

그것은 사실이다! 나는 「곤자고의 살해」에 나오는 이 "할로우 맨", 이 속이 빈 인형 같은 남자와 여자들 아래로 작은 불꽃이 흐르는 게 보인다고 생각한다. 이 불꽃은 밀짚을 태울 수도 있을 것이다. 그러나 내가 이제 말하려고 하는 것을 정당화하기 위해서는 『햄릿』을 읽으면서 주석자들, 이를테면 심리학자나 사회학자들이 취하는 관점에서 떨어져 나와야 한다. 나로서는 단어들의 생명에 관심을 기울이는 것이 필요하다.

「곤자고의 살해」는 접어두자. 또한 사회를 향해 내밀어야 하는 거울에 대한 햄릿의 성찰 또한 접어두자. 「프리아모스의 죽음」으로 되돌아가자. 연극에 대한 세 가지 방식 가운데 첫 번째에 관련되는 이 작품을 셰익스피어는 『햄릿』에서 여러 차례 상기시키고 있다.

반복해서 말하지만 이 생각, 이 시학과 나머지 둘은 얼마나 다른가? 광란과 죽음 가운데 사방으로 눈을 던지며, 단어들 속으로 불이 들어가게 해 그 이미지들을 펼치되 금방 태워버리고 마는 이 헐떡이는 이야기에 절도라고는 그림자도 찾아보기 힘들다. 그리고 「곤자고의 살해」에 잘 나타나 있는 수사학의 규약들, 말하자면 하나의 사건을 복원하고 그 뉘앙스를 분석하게 해주는 처방들에 대해서는 아무런 배려도 없다. 나는 이미 헤카베가 등에 걸친, 모든 우아함을 무시하는 담요에 대해 말했다. 나는 또한, 폴로니어스가 강조하는 것처럼, 그 힘이 신들의 힘을 넘어서는 운명에 대한 저주의 명백히 불필요한 장황함을 지적할 수 있다. 「프리아모스의 죽음」은 햄릿이 배우들에게 하는 조언에 부합하지 않지만, 그 시구에는 「곤자고의 살해」의 시구에 실린 쇠사슬 소리가 없다. 햄릿이 엘시노어에서 멀리 떨어진 곳을 여행하면서 가져온 이 단편은, 개념적 사고에 내포된 실존 경화의 위험으로부터 벗어나 있는 듯 보인다.

달리 말해 절도의 시학에는 유한성을 말하려고 하는 가장 진지한 시도들을 파괴하는 추상이 전혀 없다. 반면 햄릿의 억눌린 바람에도 불구하고 「곤자고의 살해」가 갖지 못한 효과, 곧 거트루드의 마음 흔들기와 같은 효과는 있다. 너무 짧게 꾸며진 그 연극에서 단어들이 산출하는 것은 단순히 클로디어스의 분노뿐이다. 그것들은 깊이의 저장분을, 지각과 감정의 즉각적인 부분을 말하는 역량을 행위에 투입하지 않는다. 반면 「프리아모스의 죽음」에서 단어들은 헤카베의 절규를 담고 있다. 그것들은, 저항에도 불구하고, 햄릿을 동요시킨다. 그것들은 가장 깊이 잠든 감정을 소생시킨다. 그렇다면 그것들은 (적어도) "삶을 바꾸기"를 도울 수 있지 않을까? 이번만큼은 그것들을, 위대한 작업에 매달린 시인의 작품 속 반영으로 보아야 하지 않을까?

하지만 사람들은 내게 말할 것이다. 설사 그것의 의지는 그렇다고 하더라도 텍스트는, 내가 이미 상기한 것처럼, 그 안에 있는 희화화의 의도에 의해 약화되었다고 말이다. "사나운 푸로스"에게 희극적 요소가 있다는 점은 부인할 수 없는 것이다. 그의 몸짓은 과도하다. 그를 묘사하는 이미지들은 잔인한 진실을 가리는 과장을 내포하고 있다. 그리하여 가장 비극적인 순간에 웃어야만 할 것 같다. "온몸을 감싼" 헤카베 자신은 머리 위로 보자기를 감싸고 허리에는 그토록 눈길을 끄는 담요를 두르고 있다. 아마도 오펜바흐의 작품에서는 그렇게 분장할 수 있으리라! 이토록 기이하고 확대된 필치 앞에서는 셰익스피어가 글로브 극장의 관객들에게 자신은 햄릿이 그토록 좋아하는 시구들을 조롱과 함께 취급하고 있다는 사실을 암시했을 것이라는 점을 의심할 수가 없다. 한데 이 사실에 근거해 역사가와 비평가들은 오늘날 종종 셰익스피어와 동시대에 속한 (아니면 그보다 조금 앞선) 작가들에게로 눈을 돌려서 그들 가운데 그가 비웃고자 흉내 낸 이를 찾으려 한다. 당시 극장에는 커다란 동요, 경쟁, 모욕의 교환, 논쟁이 있지 않았던가? 이는 정확히 엘시노어에 막 도착한 배우들이 전언하는 것이다.

「프리아모스의 죽음」에서 비웃음은 부인할 수 없는 것이다. 그것은 그 시구들에서 태어난다고 생각할 수 있는 진실의 말에 대한 부인인 듯하다. 하지만 정말이지 그토록 위대한 생각을, 그토록 보잘것없고 단기적인 야심으로 대체하는 방식으로 해석해야만 하는가? 우리에게는 햄릿의 판단이 중요하다. 그런데 햄릿이 이 작품의 장면들을 암기하고 있고 그것이 "뛰어나다"고 말하며, 작품의 수준 때문에 대중의 마음에는 들지 않아서 "한 번도 공연된 적 없거나 단 한 번 무대에 올려졌다"는 사실을 강조한다는 점을 잊을 수 있는가? 그것은 "대중에게 캐비어"였던 것이다. 이 정도의 보증에도 불구하고 하나의 텍스트에 대한 문제가 제기된다면, 이는 그것을 깎아내리기 위함은 아닐 것이기에, 이와 같은 글쓰기의 과장은 이번 경우에도 역시 하나의 돋보기 관찰이라는 가설을 제시할 수 있다. 또한 이 관찰의 책무는 그 의도와 함께 그것이 맞닥뜨릴 수 있는 방해물, 나아가 함정을 간파해내는 것이리라. 한편 햄릿이 시인의 "절도modesty"에 대해 말한다는 사실에 주목하자. 그는 이 단어(내가 "절도"로 번역하는)를 사용해, 배우들에게 자제를 상기시키는데, 이 자제는 사회적 존재의 진실이 나타내는 때로 섬세한 뉘앙스들을 마치 거울처럼 표현하는 데 필요한 것이다. 이런 종류의 진실을 제시하기 위해 「곤자고의 살해」의 상투어에 호소하기로 이미 결정해놓은 참에 말이다. 분명히 햄릿은 어려운 문제들 가운데 몸부림치고 있으니, 「프리아모스의 죽음」은 그에 대한 검토(셰익스피어의 눈 아래에서 진행된)의 한 부분일 뿐, 지나가면서 잠깐이 아니고서는, 어떤 동시대 작품에 대한 풍자가 아니라는 사실을 생각해야만 한다.

그런데 셰익스피어 자신이 햄릿만큼이나 이 텍스트에 대한 찬탄과 연결된다. 똑같이 열렬한 두 목소리로 하여금 그것을 낭독하게 할 뿐만 아니라, 자신이 쓰는 비극의 경제를 감안할 때 결코 무시할 수 없는 자리를 그것에 마련해주고 있기 때문이다. 그것은, 그것을 들음으로써 생겨나는 결과에 따라 행위가 새로운 흐름에 접어드는 바로 그 대목에서 백여 행 정도를 점하고 있다. 이것은 매우 큰 공간을 할애한 것이며 완연한 공감이 아닐 수 없다. 심지어 얼마간의 비웃음과 함께 문제의 글쓰기의 결함을 강조할 때조차, 그의 데생은 희화에서처럼 공허와 거짓을 뜻하는 윤곽을 그리지 않는다. 그것은 고발에 함몰되지 않으며, 무기력이나 사기를 들추어내지 않는다. 오히려 그와는 정반대로 환상적인 윤곽을 지닌 그것의 넓은 그물코들은 하나의 빛을 통과하게 하며, 우리는 그 빛의 원천을 알아보는 것이 중요함을 예감한다. 헤카베의 날카로운 외침을 머릿속에 간직한 채로 말이다.

6

간단히 말해서 이 시구들에는 많은 모호함이 있고, 이 모호함을 통해 우리는 셰익스피어의 의도를 꿰뚫어볼 수 있다. 그것들은 물론, 햄릿이 배우들에게 베푸는 흥분된, 그리고 거의 열띤 환영이 드러내는 불안, 심지어 동요로부터 아무런 극적 성과도 없이 그저 관객을 벗어나게 해주려는 기획에 따른 결과가 아니다. 그렇다면 그것들을 어떻게 이해해야 할까? 이 연극 속의 다른 연극, 또는 좀 더 잘 표현한다면, 이 말 속의 다른 말이 『햄릿』에서 점하고 있는 위상은 어떤 것인가?

바로 여기에 나의 근본적인 명제가 있다. 나는 이 다른 왕의 살해 이야기가 셰익스피어의 것이 아닌 다른 연극의 패러디가 아니라고 감히 말하고자 한다. 그것은 자기 안에서 일어나고 있는 것에 대한 셰익스피어의 시선이다. 비판적이지만 애정 어린, 환상에서 벗어났지만 신뢰하는 이 텍스트의 거리두기는 하나의 자기성찰이며, 그것의 실행과 심화는 그가 쓰는 비극의 존재 이유일뿐더러, 이어서 구상하게 될 또 다른 비극들, "로맨스극들" 등 일련의 작품에 대한 설명이 된다.

어째서 이러한 주장을 하는가? 그것은 『햄릿』이 온통 칸막이가 쳐진 세계이기 때문이다. 거창한 담론의 클로디어스와 동요되고 전율하는 거트루드는 모두 다 그들의 고뇌, 공포에 갇혀 있고 누구에게도 그것을 말하지 못한다. 장관으로서 법을 설명하고 그것을 교환의 터로 만들어야 할 폴로니어스는 수

다에 갇혀서 생명 없는 말들로 만족한다. 오필리어는 헐값에 팔린 꽃과 딱한 노래들 속에서 오로지 상징에 의해서만 스스로를 표현할 수 있을 것이다. 후경에서 로즌크랜츠와 길던스턴은 거짓말을 하기 위해서만 말을 하고, 레어티즈는 햄릿이 그 허망한 성격을 간파해내는 방식을 남용하면서 과장한다. 햄릿은 침묵 속에서 방황하며, 말의 억눌림이 자기 안에도 있고 그것을 끝낼 수 없음을 느낀다. "내 안에 있는 것, 아무것도 그것들을 표현할 수 없다"라고 그는 한탄한다. 그는 오필리어를 모욕하지만 그것이 자기의 진정한 생각이 아님을 잘 안다. 한 번, 그가 "준비"라고 부르는 포기에 앞서 그는 단 한 번 자기의 진실을 외칠 것이다. 하지만 그것은 그가 망가뜨리기만 하면서 사랑했던 여인의 무덤 앞이며, 분명 너무 늦었을 때이다. 여기서 비롯되는 것이 바로 그가 죽기 전에 중얼거리는 말이다. "나머지는 침묵이다"는 그가 항상 그 부질없음, 거짓을 알았던 사회질서를 영속시키는 포틴브라스 같은 이의 장광설에 말을 넘긴다는 사실을 뜻한다. 진실과 선일 수 있었던 것, 그는 그것을 말로 만들 수 없는 (어쨌거나 그렇게 할 수 없었다) 것이다.

엘시노어는 침묵이다. 삶의 진실에 뿌리내리지 못한 담론들로 파편화된 말의 무거운 침묵이다. 삶의 진실과 접촉하고 그것을 언어 속에 활발하게 유지해야 할 이들에게서 단어들은 실제적 실존의 많은 양상들에 대한 자발적이거나 자발적이지 않은 부인 가운데 다른 단어들과 결부되어 있다. 이러한 의미작용의 연쇄에 대해 맹목적인 관리자들이 갖는 희망이라고는 그저 그것들의 반복이 다른 담론들의 충격 아래 와해되지 않도록 하는 것이다. 하지만 이 상황은 하나의 의미를 갖고 있고, 그것을 인식하는 것은 유용하다. 그것은 형태(발언된 문장들 속에서 발언에 대해 우위를 점하는, 단어들로 사막을 만드는, 교환의 소명을 파괴하는 구조)란 인간적이고자 하는 사회에 한없이 위험한 어떤 것이라는 사실이다. 형태는 정신의 무거움이며, 악으로 인정해야 하는 것의 원인이 아니면 매개이다(어쨌거나 그럴 수 있다). 달리 말해, 단 하루뿐일지언정 물질의 세계에서 존재가 취할 수 있는 유일한 방식인 덧없는 삶들 사이의 결속에 대한 부인이다.

형태는 헤카베의 외침을 억누른다. 그것은 자기 위로 닫히며, 실존의 몇몇 양상들을 그의 초시간적 도식 안에 잡아둔다. 그것은 삶을 끌어안고 억누른다. 이 억누름 속에서는 이제 삶 속의 죽음일 따름인 지금 여기에서의 이러저런 포기에 앞서 갖는 한순간의 꿈 이외에 아무것도 가능하지 않다. 말에 대한 형태의 힘 속에 잠재하고 있는 해로움의 증거로 들 수 있는 것이 바로 슬로건과 구호를 주조해내며 수많은 생명을 앗아간 현대의 이데올로기들이다. 하지만 지난 세기의 시에 벌써 그러한 것이 있었으니, 소네트 저자들을 다만 어떤 단어들에 가두며 알맹이 없는 이상을 꿈꾸도록 강요하던 고정된 형태의 운율법이 그 예이다. 이는 스스로 한동안 매달렸던 소네트에서 셰익스피어가 고발했던 (이 점에 대해서는 다시 한 번 이야기하겠다) 바로 그것으로, 그는 이상적 아름다움의 꿈과, 여성의 조건에 대한 겁에 질린 과소평가의 공모관계를 검토한다. 이어『로미오와 줄리엣Romeo and Juliet』에서는 서정시를 쓰는 젊은이가 자신이 사랑한다고 상상하는 (그의 꿈이 아니었더라면 아마도 실제로 사랑했을) 젊은 여인을 의미 없는 죽음으로 이끈다. 그다음은『햄릿』인데, 이 작품은 자기 안에 갇힌 형태들과 그것의 황폐화하는 힘을, 이번에는 거의 완전히 명시적인 방식으로 연출한다. 거기서 찬탈자이자 거짓말쟁이인 클로디어스 앞에서 공연된「곤자고의 살해」는 상투적 표현의 확대를 통해, 경화된 운율법이 용이하게 해주는 정신과 실존의 이중 함정을 더할 수 없이 명백하게 드러낸다.

「곤자고의 살해」는 그러하다. 그렇다면『햄릿』속의 다른 연극, 곧 프리아모스의 죽음과 헤카베의 비탄을 보여주는 연극은 어떠한가? 내가 보기에 이제는, 만약 형태가 죽음을 낳으며, 고정된 형태의 제약을 받는 단어들 속에서 삶을 꿈꾸는 것이 헛된 일이라고 한다면, 그 같이 인식된 형태에 대해 아니라고 말하며, 일상적 실존, 다시 말해 존재 자체의 시간을 부정하는 것에 다름 아닌, 자기 안에 갇힐 필요를 고발하는 태도에 진실이 있으리라는 점을 이해할 때가 된 것 같다. 이것은 진실이다. 단어들 속에서 사람들 사이의 관계를 재개하는 활동적이고 실행하는 진실이다. 예컨대 규칙적인 반복이 매력적인 각운과 절의 닫힘을 거부하는 것, 그것은 당황한 형태가 말을 움켜쥔 손아귀를 푸는 가운데 진정한 삶을 시작할 기회와 함께 지상에 인간적인 것이 있길 원하는 이의 의무이다. 그러면 한 순간 개념화된 단어들 속에서, 언어 아래로 평범한 실존의 특권인 유한성의 앎이 수립될 수 있을 것이다. 또한 이 순간(그러나 이 역시 나름대로 무한이다)은 희망의 되풀이고 세상에 수립되는 존재의 새벽이다. 시, 위대한 시, 레오파르디,[4] 키츠John Keats, 보들레르의 시 그것은 희망으로의 귀환이다.

시? 물론 그 초기에는 형태에 귀를 기울이고 그것을 펼치면서 심지어는 얼마간의 행복을 느껴야만 한다. 그렇지 않으면 그것이 지닌 위험을 인식할 기회가 없기 때문이다. 그러나 빠

---

4 자코모 레오파르디(Giacomo Leopardi, 1798~1837)는 이탈리아의 시인이자 작가, 철학가이다.

르게, 금방, 시가 육체에서 오르며 스스로 죽을 수밖에 없음을 아는 것에 주의를 기울이는 것이 본질적인 일로 다가온다. 이러한 요청은 정신으로 하여금, 우리가 리듬이라고 부르는 시간의 불가역성에 가담할 것을 요구한다. 그리고 그렇게 단어들 가운데 수립된 리듬은 초시간적인 개념들과 충돌하며 그것들의 담론을 해체하고, 이로써 하나의 빛이 떠오를 수 있다. 그것이 치워버려야 할 잔해 속에서 이루어지지 않고서는 말이다. 그러나 분쇄된 담론은 위험을 인식한 말에서조차 세계 내 존재의 많은 지대들을 계속해서 어둡게 만든다. 가장 위대한 시편들에서도 우리는 불확실한 증언밖에는 기대할 수가 없으니, 거기에는 두려움, 모순, 새벽이 해체해야만 하는 환상에 대한 영합의 잔여분이 섞여 있기 때문이다. 깨어 있는 순간의 정신이 보이는 기이함, 아직 일관성이 없는 이미지, 가장 조예 깊은 시인들의 글쓰기에서조차 확인되는 매너리즘.

7

이제 나는 프리아모스의 죽음을 보여주는 확실히 기이한 이야기로, 헤카베의 외침으로 되돌아온다. 작품에 설정된 과거에 위치시키기 결코 쉽지 않은 런던 체류 당시, 햄릿은 단 한 번밖에 공연되지 않은 이 작품을 보거나 들었던가? 나는 그보다 차라리 모든 것이 불확실한 경력 초기에 그 시대 무대의 미궁 속을 떠도는 젊은 셰익스피어를 상상한다. 거기서 배우들은 과장되게 읊고 외쳤고, 이따금 하늘에 대해 말하는 초월의 흔적들로 채색된 어떤 단어들에 이르러서는 움직임을 멈추곤 했다. 그런데 아직 자기 자신을 알지 못하는 이 잠재적인 시인은, 배우들이 도착했을 때 햄릿의 내부에서 다시 불타오르는 것 같은 희망을 그의 가슴 가장 은밀한 곳에 조금이나마 품고 있지 않았을까? 어느 날 저녁 그는 시구들을 듣는다. 그에게 새로운 것인 직관이, 물론 내가 방금 말한 기이함의 값을 치르며, 수사학적 명령의 무게로부터 벗어나려고 애쓰는 그런 시구들 말이다. 한데 그 기이함 자체가 그를 감동시키고 고양한다. 거기서 그는 필요하다고 생각하는 대담함의 단서를 보며 그 영향을 간직할 것이고, 특히 그로부터 용기를 얻을 것이다.

아마도 셰익스피어는 이날 저녁, 이 공연, 그리고 수수께끼들이 아우성치는 도시의 밤 속의 이 충격적인 자기반성을 바탕으로 다만 꿈꾸기만 했으리라. 시인들의 위대한 운명은 종종 그들의 무의식의 부름만으로도 열린다. 개념적 도구의 망치질 아래 여전히 살아 있는 그 생각은 일상적 삶에 주의를 투입하고 변모시킬 준비가 되어 있는 것이다.

"나는 언젠가 진부한 극장 안에서 보았다……."⁵ 그렇듯 평범한 극장, 우연히 맞닥뜨린 극장에서 보들레르가 바야흐로 떠오르는 것을 본 "기적의 새벽 빛"이, 우리에게는 알려지지 않은 1580년대 말의 한 작가가 쓴 비극의 단편을 셰익스피어가 접했을 때, 그의 눈에 나타났던가 아니면 나타나지 않았던가? 어쨌거나 햄릿의 내면에서 그가 예전에 들었고, 이후 그것에 사로잡혀 있는 시구들의 존재를 생각해보는 것은 의미 있는 일이다. 그리하여 나는, 햄릿이 작품의 이 지점에서 시구들에 대한 기억을 되찾는다는 생각이 셰익스피어의 경험에 근거한다는 가설과 우스꽝스럽지만 빛이 관통하고 있는 「프리아모스의 죽음」은 의식적이든 아니든 간에 의미의 현현顯現을 포착한 그의 실존의 한 순간을 다시 살고 있다는 가설, 따라서 『햄릿』의 저자는, 눈에 보이지는 않지만 본질적인 방식으로 작품 속에 들어가, 차라리 작가에게나 어울릴 법한 "잉크 빛 외투"를 걸친 주인공과 한 몸이 된다는 가설을 제시하고자 한다. 따라서 길고 문맥에 맞지 않는 듯하며, 폴로니어스가 "장광설"이라고 불렀을 법한 그 시구들을 셰익스피어 자신의 강박관념이나 그

---

5 보들레르의 『악의 꽃』에 실린 시 「돌이킬 수 없는 일」.

가 겪은 커다란 충격 가운데 하나가 『햄릿』의 그 지점에 다시 나타난 결과라고 보아야 할 것이다. 이런 사실은 확실히 비극과 그의 관계에 중요한 영향을 미쳤으리라.

이 영향은 어떤 종류의 것인가? 「프리아모스의 죽음」은 소외, 억압과 씨름하는 저자의 작업에 시적 직관과 그 힘이 떠오른 경우이다. 물론 작품이 그 소외, 그 억압의 문제를 탐구하지만 저자 역시 자신의 삶 속에서 그것들을 체험한다. "부패한 무언가"를 무대에 올리면서 셰익스피어는 알았던가? 엘시노어의 밤에는 그것과 야합할 수도 없지만 그렇다고 해서 그것으로부터 벗어나지도 못하는 왕자와 더불어, 시가 대면하고자 욕망하는 것을 이해하는 데 필요한 모든 요소들이 자리 잡고 있다는 사실을 말이다. 어쨌거나 거기에는 그 요소들이 모여 있고, 이제 새로운 지평이 새로운 종류의 길을 통해 저 너머로 열릴 수 있다.

유령에게서, 이어서 클로디어스와 거트루드에게서, 그리고 햄릿과 오필리어에게서 재난의 밑그림을 보여주는 것, 오로지 절망의 "너무 늦었다!"로밖에 깨지지 않을 침묵을 듣게 하는 것, 그렇다, 이것이 첫 번째 과제, 아니 그보다 차라리 불가피한 과제이고, 바로 이런 사실에 근거해 그것은 작품에서 일어나는 것의 첫 번째 층위가 된다. 그러나 시가 수면 위로 드러내는 시편의 기억에 자극받으며 스스로를 찾는 저자는, 많은 사회적 현실의 경우에 표면적으로 출구가 보이지 않는 그런 종류의 상황들이, 시효를 다했음에도 고집스레 버티는 질서의 편견과 거짓된 가치들 아래에서 힘과 결의, 그리고 집요함을 갖고 몸부림치는 단어들에 의해 와해될 수 있다는 사실을 이해하는 데 이를 수 있다. 셰익스피어는 자기 인물에게 그 기억을 부여했다. 햄릿으로 하여금 적어도 한순간이나마, 헤카베의 외침을 표현하는 단어들이 그가 다시 살도록 도울 것이라고 생각하게 했다. 이것은 사실 연극에서는 최초로, 발언된 것을 개의치 않는 발언 자체에 대한 작업과 아직 잠 깨지 않은 단어들을 향한 존재의 직관의 나아감이 한 저자, 한 시인에 의해 시도될 수 있었다는, 적어도 시도는 가능했다는 사실을 셰익스피어 자신이 인식했다는 표지이다. 하지만 그 방식에 대한 이해는 보완되어야 한다. 그것은 뒤에 이어질 작품들에서 이루어질 것이다.

더 잘 이해하고, 더 잘 그려보며, 더 잘 관리해야만 한다. 왜냐하면 문제가 복잡하기 때문이다. 햄릿은 셰익스피어가 쓰는 작품에서 그의 감동을 억누르고, 직관을 검열하며, 재난을 향한 질주를 계속한다. 따라서 그의 마지막 나날들을 지배하는 것은 열린 시가 아니라 의사疑似 스토아철학적인 중성적 "준비"

이며, 이는 적어도 작품의 표면적인 의미로 나타날 것이다. 셰익스피어는 자신의 직관으로부터 『햄릿』 다시 쓰기를 이끌어 내지 않았는데, 그것은 물론 작품의 새로운 결말, 이를테면 일종의 "해피엔딩"이, 시가 욕망하는 것의 재현일 뿐 작품 자체의 필연적인 작업은 아니기 때문이다. 우리는 해피엔딩을 통해 하나의 이미지, 다시 말해 작가의 과거에서 오는 숱한 꿈들이 새겨져 있는 이미지를 갖게 되었을 것이다. 결과적으로 진정한 "삶 바꾸기"에는, 대단치 않은 시인인 나훔 테이트의[6] 『리어 왕』 개작만큼이나 해로운 하나의 단순한 이미지만을 갖게 되었을 것이다.

그러나 셰익스피어는 훨씬 더 잘했다. 햄릿을 향한 그의 자기 투사가 효과를 갖는 것은 비극 작품의 생성과는 다른 차원이다. 작품은 시가 해체해야 할 소외의 수수께끼로 남을 것이다. 만약 셰익스피어가 자기 인물로 하여금 한순간 헤카베의 외침에 반응하게 하고 그 속으로 들어간다면, 그것은 세계 내 존재의 갈등이 한 시대의, 그리고 어쩌면 모든 시대의 딜레마이자 아포리아, 그리고 고뇌로 짓누르는 자기의식의 그 지점에 스스로를 위치시키기 위함이다. 그가 원하는 것은 이제 확보

---

6 나훔 테이트(Nahum Tate, 1652~1715)는 더블린 태생의 시인이다.

된 신념을 가지고 묘사하는 것이 아니라 성찰하는 것이다. 우
선 자기에 대해, 자기 과제에 대해서 말이다. 이 성찰로부터 그
가 추론해내는 것은 그의 과제가, 이제 냉정을 되찾은 햄릿 아
래에서 사회가 취할 수 있는 모습을 연출해내는 것이 아니라
소외된 세계의 상황들에 개입함으로써 그것들에 응답하는 스
스로의 방식을 문제 삼는 일이라는 사실이다. 다만 이때 엘시
노어에는 없는 방도, 곧 말에 대한 신뢰가 수반된다는 점이 다
르다. 이 신뢰, 그리고 거기서 생겨나는 희망은 죽어가는 햄릿
이 스스로 갖지 못했노라고 고백하는 것이다. 한편 그는 그것
을 갖지 못했기에 죽는다.

이것을 좀 더 정확히 말해보자. 그것은 마침내 가능하다. 당
황하는 직관, 스스로 왜곡하는 기억, 다가갈 수 없음으로 남는
바람 가운데 있는 햄릿, 그는 우리들 각자에게서 확인되는 시
에 대한 열망이자, 그것을 가장 욕망하는 이들을 마비시키며,
자신들의 환상이나 거짓을 다소간에 의식하는 그들을 오로지
꿈속에 가두는 어려움이기도 하다. 햄릿, 그는 우리가 시에 대
해 갖는 필요이다. 하지만 이 필요는 겁을 내며, 개념적 사고의
일반성, 곧 죽음에 대한 그 커다란 망각에 정신이 연쇄되는 것
에 아니오, 라고 말할 수 있는 행위(단어들의 가능성에 대한 일종
의 신앙 행위)가 아직은 불가능하다. 요컨대 근본적 드라마의

본질적인 인물인 햄릿을 구상하면서, 그리고 사회 속에서 잉크 빛 외투로 몸을 감싼 채 행동과 평범한 야심으로부터 한걸음 물러서 있는 모습으로 그를 설정하면서, 시인-저자 셰익스피어는 문제가 되는 것은 겁먹음이며, 우선 자신이 그러한 사실 위에서 다시 중심을 잡아야 하고 미래의 자기 단어들 속에서 그로 인한 폐해를 거부해야 한다는 사실을 의식한다. 인형 기술자는 죽음을 망각하는 개념들로 짠 장갑에 손을 넣었다. 그는 장갑 속에서 손이 오그라드는 것을 느꼈다. 그는 이제 인형을 던질지언정 저린 손가락을 풀고자 한다. 햄릿보다 더 멀리 나아가 삶을 질문하기 위해.

그것은 결단이라는 사실을 이해하도록 하자. 쓰이는 비극속 그의 자리에 햄릿을 내버려두기. 텍스트는 결과적으로 하나의 텍스트 이외에 아무것도 아님을 이해하기. 이 텍스트는 그 안에서 진정한 시인들이, 수사학 속에서 시적인 것이 고생하고 함정에 빠지는 것을 보면서 불안해할 줄 아는 그런 텍스트 가운데 하나이다. 하지만 그렇다고 해서 그것을 찢어서는 안 된다. 왜냐하면 그것은 텍스트적 실천 속에 감춰진 위험들을 망각할 위험을 갖기 때문이다. 아니다. 오히려 그것을 피할수 없는 여건으로, 다시 말해 시가 정신의 현재로부터 요구하는 커다란 문제제기, 다시 말해 오로지 개념적이기만 원하는 재현에 대한 문제제기를 한 단어 한 단어 (해체되는 환상 하나하나) 위치시키는 여건으로 간주해야만 한다. 텍스트의 모습을 한 이 소여所與, 거기 참여하는 이에게 그것은 진실로 무엇인가? 그것은 아직 채 해석되지 않은 아니면 심지어 망각된 개인적 과거에 속한 사건의 흔적이다. 이를테면 그것의 영향력을 우선은 인식하지 못한 채 셰익스피어가 시의 부름을 들은 그 텍스트(그 "캐비어")가 예이다. 그것은 충분히 상상할 수 있는 일이지만, 차차 다듬어질 사고의 방법들을 통해 해석해야 할 하나의 질료이다.

결단, 그것은 가장 깊은 의미에서 무엇인가? 그것은 텍스트(이해한다는 환상 아래 스스로에게로 닫히는 허구)에 복수複數의 열린 글쓰기를 담는 것으로서, 이 글쓰기의 앞쪽에서 바야흐로 자신들의 커다란 가능성이 허락된 단어들이 눈을 뜨고, 존재를 황폐하게 만드는 고착된 형상들을 훤히 꿰뚫어볼 것이다. 그것은 곧이어 새로운 빛을 향해 열린 시선을 텍스트에 담는데, 삶의 통일성을 나타내는 이 빛은, 어휘들 속에 단순함이 돌아오도록 함으로써 사회와 말의 엘시노어들을 해체할 것이다. 결단, 그것은 글쓰기 가운데, 완성되는 비극 속 망설이는 햄릿의 자리를 차지하고, 거기서 어제의 비극이 몸부림치는 모든 재현과 가치의 체계를 문제 삼는 것이다. 그것은 쉼 없이 손상

되지만 언제나 새로운 있는 그대로의 단어들 가운데로 결연히 들어감으로써 햄릿의 망설임과 작별을 고한다. 그것은 말하자면 세상이 꿈에서 깨어나는 정신의 새벽에 길을 떠나는 것이다.

3장

연극과 시

Théâtre et poésie

1

셰익스피어가 햄릿을 대신해 오르는 무대는 이제 더 이상 정신의 "북북서"에 뒤처져 있는 중세가 아니라 미래의 문턱에 위치한 인간사 전반이다. 관건은 언제나 그럴싸한 텍스트 속에서 사회의 현재 상태를 말하려고 시도하는 것이 아니라 과거가 자꾸만 기를 꺾는 그 단어들을 해방해, 아직 가능한 것, 곧 삶을 바꾸는 일을 하게끔 고무하는 것이다. 우리의 단어들이 이제 더 이상 존재를 갖고 있음을 (그러나 그토록 헛되고 그토록 초라하게) 자처하는 행동과 야심을 향해 흐뭇하게 내미는 거울이 아니길! 가슴 속에서 헤카베의 외침을 억누른 뒤 절도와 절제에 대해 찬사를 늘어놓는 햄릿이 그리하듯이 말이다! 그것들이 진부한 메타포를 무릅쓰건대, 부디 그 거울의 사슬을 끊는 말이길!

이 말은, 다시 강조하지만, 햄릿이 일부 사람들이 생각하는 것처럼 윌리엄 셰익스피어(작품을 쓰던 시절의 개인적 모습)의 반영이 아님을 뜻한다. 이 인물은 그보다는 막 태어나는 시인이 오로지 심리학만을 가지고, 다시 말해 단지 영속하기만을 원하는 모든 것의 공모자와 더불어 자기 자신 위로 몸을 기울일 때 거기서 볼 것이라고 상상하는 미흡하고 거짓된 얼굴들과 결별하도록 도울 것이다. 『햄릿』에서 바람직한 위대한 인간은 아직 미지의 존재, 미래에 속한 존재로 남아 있다. "거기 누구냐?" 이 단어들이, 과거의 환상의 유령이 배회하는 밤에 시작되는 작품의 맨 처음 대사라면, 그것은 우연이 아니고 전조이다.

셰익스피어의 결단, 다시 말해 자기 안으로, 아니면 차라리 자기를 향해 더 멀리 나아가기 위해 스스로 창조한 인물을 밀쳐내는 것, 나는 그것을 모든 단어 가운데 가장 "열린" 단어인 말parole이라고 부를 것이다. 말을 언어의 사용, 단순한 사용으로 규정하려는 언어학자들의 결정은 해롭고 금세 치명적인 것이 된다. 그것은 말하기가 실체 없는 서식들에 들러붙은 단어들의 의사 명징성을 문제 삼아야만 한다는 사실을 외면한다. 정신의 현재에 대한 그 의사 명징성의 장악을 비판함으로써 유한성의 위대한 초시간성, 곧 자기에게 동의하는 시간의 영혼에 더욱 잘 접근하려고 시도하는 것은 중요하다. 말을 우리의 믿음(또 하나의 열린 단어), 우리의 유일한 믿음이라고 부르게 될 것이 자리하고 생성하는 장소로 만들 줄 알아야 한다. 말하기가 더 이상, 슬프게도, 나눔의 상황을 간절히 원하는 존재들이 걸려드는 함정이 아니라, 꿈으로 잘못 들어서는 생각의 미끼로부터 그들이 벗어나도록 돕는 시험이 될 수 있도록 말이다.

그렇다면 그렇게 규정된 말이란 무엇인가? 우선, 시편 속에서 고생하는, 그러나 이따금 거기서 해방되며 실존의 대지 위로 범람하는 큰 강과 같은 빛을 펼치는 시구가 아니라면 말이다.

나는 다시 한 번 프리아모스의 죽음과 헤카베의 외침의 이야기로 되돌아오는데, 이는 그것의 미흡함을 더욱 잘 이해하고 그것과 한층 더 공감하기 위해서이다. 이 "장광설"은 무엇인가? 시편, 오로지 하나의 시편일 따름이다. 한데 그것은 시에 대한 시편의 과오가 확대되고 펼쳐진 것, 곧 자주 불필요한 이미지, 과장, 일관성 없는 메타포처럼 감히 현존을 상기하는 의미의 관례적 예민함을 지닌 시편이다. 그러나 배우가 낭독하는 문장의 단어들을 시구가 고무하고, 이 시구로부터 그리고 의식 아래 감춰진 활력으로부터, 표면의 수사학에 의해 부풀어 오른 이야기는 감동의 역량을 이끌어낸다. 그리고 내가 시라고 부르는 것에 다가선다.

"사나운 푸로스, 히르카니아의 야수"가 검은 무구 아래 루비같은 눈을 하고 나타나는 이 이류 연극무대(보들레르는 "진부하다"고 했으리라)에서 형상, 몸짓, 아우성은 요란하고 과도한가? 그렇다. 하지만 거기에는 살아 있는 몸 가장 깊은 곳에서 독자를 사로잡는 하나의 리듬이 영구히 추상적이고 부분적이고 쉽게 비정상적인 의미의 망(그물)으로부터 단어들을 해방하기 시작하며, 그것들을 우주 가운데 자기를 찾는 삶에 직접적으로 연결시킨다. 그것은 과연 하나의 범람으로서 말라르메가 르포르타주 산문이라고[1] 부르는 것을 해체하면서 근거 없는 그것의 공장들을 전복하고 잔해들을 흩어놓는다. 「프리아모스의 죽음」의 단어들은 여전히 모든 텍스트가 원하는 방식으로, 다시 말해 꿈속인 양 바깥을 통해 의미할 수 있다. 하지만 그 표류물들은 빛 속에 소멸될 것이기에 그것은 잠시 동안의 일에 불과하다. 시구는 하나의 빛이다. 엘시노어의 어두운 방들에서 스스로의 바람으로 문 전체를 온통 덜컹거리게 할 수 있는 유일한 것이다. 헤카베의 외침으로부터 분출된, 바깥으로 밀고 나가는 안의 움직임을 들을 수 있고, 또 좋아할 수 있는 누군가가 거기에 있다고 가정할 때 말이다.

2

슬프게도 이것은 사실이다. "비존재냐" 속의 이 "존재냐"를 폴로니어스(그가 배우의 낭독을 주의 깊게 듣고 있었다는 사실을 잊지

---

1 프랑스 상징주의 시인인 스테판 말라르메에게 "르포르타주 언어"는 "시의 언어"와 대비되는 보편적, 개념적 언어이다.

말자)는 예감하지 못한다. 작품에서 그는 사물 바깥의 대변자이고 오로지 법의 관리자이기 때문이다. 그리고 우리가 너무나도 잘 알고 있는 것처럼, 햄릿 역시 결정적일 수 있는 순간에 그것을 더 이상 원하지 않는다. 엘시노어의 삶은 시작할 때와 마찬가지로 두려움과 경련 속에서 지속되어온 것이다.

그러나 누군가가 「프리아모스의 죽음」에서 존재하려고 애쓰는 것을 포착했으니, 그는 바로 그 시구들을 쓰고, 그것들을 "연극 속의 연극"으로서 『햄릿』 안에 위치시킨 바로 그 사람이다. 내가 생각하고, 얼마 전부터 이해시키고자 하는 것은 바로 이것이다. 헤카베의 외침은 셰익스피어에게, 시가 소생시키는 단어들이 근본적인 세계 내 존재에 대해 예감하고 심지어 아는 바를 그가 이해해야 한다는 것, 따라서 그는 그 존재를 쉽게 상상할 수 있는 인간 햄릿을 관찰할 필요가 없으며, 둘러싸고 규정짓는 사회 속에 그를 위치시킬 필요가 없다는 것, 요컨대 빛이 꺼지고 체념한 언어로 그가 스스로를 말하도록 내버려둘 필요가 없다는 것, 그보다는 차라리 대담하게 그를 밀어내고, 그의 자리를 차지한 뒤 실존과 존재에 대해 성찰하며, 예전의 극작가가 그저 관찰하는 것으로 만족했던 일상의 상황들을 취급해야만 한다는 것을 가르쳐준다.

이 기획, 이 과제, 그것은 요컨대 시편에 반하는 시이다. 이

시는 우리의 소외가 만들어내는 삶에 대한 관념들에 더 이상 매일 필요가 없다. 더욱 소박한 선善 속으로 한층 더 낮게 감행해야 하기 때문이다. 스스로에게서 시인을 보는 저자는 그때까지 그를 만족시키던, 아니면 그가 용인하던 본래 빈약한 형태를 개혁하기로 결심한다. 이는 햄릿 앞에서 헤카베를 낭독하던 배우처럼 창백하게 만들 수 있는 것이다.

따라서 엘시노어에 도착하는 배우들은 프리아모스의 죽음과 헤카베의 외침을 암기하고 있다는 사실을 지나가면서 지적해두도록 하겠다. 왕과 왕비 앞에서 이 비극의 단편을 연기하는 것은 그들을 초청한 이에게 달려 있었는데, 그것은 놀람과 진실의 큰 기회가 아니었겠는가? 하지만 햄릿은 시를 회피하고, 그 의무를 짊어지는 것은 셰익스피어의 몫으로 돌아간다. 셰익스피어 역시 이따금 왕과 왕비들 앞에서 연기해야 할 것이고, 그들에게 정직한 함정으로서 슬픈 현재의 가장假裝 없는 근본적인 남자와 여자를, 다시 말해 『안토니와 클레오파트라 Antony and Cleopatra』의 첫 장면이 상기시키는 "새로운 하늘" 빛으로 환한 "새로운 땅"의 군주들을 보여줄 수 있을 것이다.

햄릿의 망설임과 셰익스피어의 결단

3

이전 저녁의 그 시구들에서 셰익스피어는 무엇을 들었던가? 이제 말하건대, 그것은 어떤 저자의 복잡한 시구이지만 그 뱃머리의 굽은 널빤지에 매달린 의미를 거칠게 다루며 앞으로 나아가는 그런 시구이다. 하나의 시구(형태에 의한 단어들의 집합, 곧 생각을 신념 안에 가둘 수 있는 영속적 위험)는 현존의 기억과 그것을 은폐하는 의미 사이에서의 언어의 망설임을 스스로와의 관계 속에서 다시 살게 할 수 있다. 다섯이나 여섯 단어를 종속시킨 시구의 형태를 통해 시구가 부여한 의미로 그들을 환원하고, 행동할 수 없는 그들이 꿈을 꾸도록 세계들의 그림자를 강요한다. 그리고 그렇게 닫힌 시구는 이제 질서의 공범일 뿐인 까닭에 수사학이 그것을 활용하고, 권력이 자신의 이익을 발견하는 것이 가능해진다. 이에 해당하는 경우가 바로 셰익스피어 시대의 소네트들(셰익스피어는 그것을 비판할 줄 알았다)과 18세기의 무수한 페이지들이다.

한데 그러한 제약들을 겪는 사람은 자기의 책임을 더욱 잘 이해할 수 있으며, 그 책임이란 울타리를 부수고 형성된 형태를 열어서 죽어가는 한 알의 씨앗에 생명을 돌려주고, 이로써 형성하는 형태를 만드는 것이다. 그것은 리듬을 듣는 일이 될 텐데 리듬이란 정신에 대한 육체의 작업으로서, 육체의 망설임, 흥분, 욕망, 열기는 시간에 대한 이해 자체이고 유한성의 앎이다. 그리고 이렇게 동요된 시구는 한계를 넘고, 그 단어들은 탈구된 의미를 비우게 될 것이다. 이는 마치 원죄(이 경우에는 어휘가 의미로 환원되는 것)가 은혜의 돌연한 효과 아래 사라지는 것과 같다. 그러므로 우리는 사회 전체가 생명으로 되돌려진 단어들에 관련됨을 느낀다. 그도 그럴 것이 그것들은 평범한 실존의 상황에 즉시 자리 잡고 말을 밝히며 교환을 회복시킬 것이기 때문이다. 이러한 변화들은 가장 위대한 시편들조차 제거하기 쉽지 않은 제약들에 종속된, 있는 그대로의 사회 속에서는 드물게만 일어난다. 하지만 그것들은 적어도 연극의 상황에서는 모습을 드러낼 수 있다.

연극! 사람들이 원할 만한 연극! 해소된 오해, 마침내 용서된 과오, 재회의 장면들! 우리를 대변하는 목소리들이 타자와의 만남 속에서 행복에 도달하는 순간들! 스스로를 되찾는 시구, 그것은 곧, 그때까지 모순, 억압 속에 경화되어 있던 상황의 의미를 포착하는 것이다. 또한 그것은 확실히 삶이 현실에 드리우는 명백한 장애물들(소중한 존재들을 잃어버리는 것이 그 경우이지만 탐욕이 좌절되는 것이나 자존심에 상처를 입는 것은 그에 해당되지 않는다)에 대한 조치이고, 그러한 난관 속에서 취해

야 할 결정과 마땅히 지녀야 할 대담함에 대한 직관적 인식이
기도 하다. 간단히 말해 그것은 연극, 그것도 위대한 연극의 펼
침이며, 이때 연극은 결코 사회의 거울이 아니다. 그것은 사회
의 재주조이고자 하기 때문이다.

따라서 우리 사회가 가져야 하고 가질 수 있는 이 창시하고
토대를 놓는 연극은 가장 진정한 시편들조차 번식하게 내버려
둘 수밖에 없는 꿈으로부터 탈피하는 시의 효과일 수밖에 없을
것이다. 그러한 연극이 우리 서양 국가들의 무대 위에는 별로
존재하지 않는다는 사실은 우리에 대한 개념적 사고의 지배가
얼마나 큰지 보여주는 하나의 단서에 불과할 텐데, 이 개념적
사고는 자신이 세운 가설들 위로 그토록 자발적으로 닫히며 하
나의 시스템이 되는 경향이 있다. 우리는 진실보다 그것의 망
각을 더 좋아한다. 우리는 죽을 수밖에 없는 존재라는 사실을
인정하기보다 존재하지 않는 것을 더 좋아한다. 우리는, 이 말
이 적합하다면, 비존재의 체념 속에서 살고 있는 것이며, 이는
위험한 이데올로기와 냉소적인 본능적 요구에 의기소침하게
중성적인 "준비"만을 대립시킬 따름인 "황무지"를 보여주는 『햄
릿』의 마지막 부분에서 잘 드러난다. 이와 달리 시구는 아직도
가능한 회복의, 곧 "존재 의지"의 장소이고 도구이다.

4

그런데 셰익스피어가 내린 결단의 큰 부분을 설명해줄 요소가 있으니 바로 운문의 성격이다. 이 성격은 많은 언어들에서 나타나지만, 특히 영어에서 잘 감지된다. 영어의 단어들, 그것도 가장 일상적인 말의 단어들은 음절 가운데 하나에 힘이 실리는 악센트, 강세 악센트를 갖고 있다. 따라서 운율이라고 하는 형태는 자주 뚜렷하게 강조된 악센트들에 자연스럽게 의지하며, 이는 그 형태가 닫힘의 유혹에도 불구하고 평범한 말, 다시 말해 삶과 죽음, 애도와 희망에 가장 가까운 자리에서 이루어지는 말의 상황 속에 현재하는 존재의 지성을, 그 자체로 생생하게 유지할 수 있도록 해준다.

악센트가 별로 없는 언어인 프랑스어에서 하나의 형태가 말 가운데 수립되기 위해서는 음절을 국한한 채 시구에 포함할 그 것의 수를 결정해야만 한다. 그런데 이 수는 미약한지라 즉각적으로 인지할 수가 없다. 음절을 세고 시구가 끝나길 기다린 뒤에야 그것이 시구임을 알 수 있기 때문에 체험된 말이 지닌 자발적인 것으로부터 절연될 수밖에 없다. 이런 이유로 프랑스어 운율은 체험된 말과는 다른 층위의 구축이고, 따라서 쉽게 세계 내 존재 내부에 자리 잡은 다른 질서의 꿈이 된다. 사람들은 이 꿈을 하나의 상위 현실이 언어 가운데 모습을 드러낸 결과로 간주하고픈 유혹을 느낀다. 이후 우리가 자유시라고 부르는 것을 한 저자가 채택하면서, 이 유혹은 얼마간 그칠 것이다. 하지만 이 경우 형태가 단어들에 행사하는 권위는 줄어들 것이고, 그 법에 대해 안으로부터 문제를 제기하는 일(이는 시적 명석함의 창끝이다)에 더 이상 신속하게 몰두할 수 없게 된다. 프랑스어로 쓰인 시는 체험된 실존의 말과 연속성을 유지하기 힘들다. 그런데 이 체험된 실존의 말은 유한성의 울림 없는 소리가 들리는 유일한 자리가 아닌가. 프랑스어 시는 위대할 수 있고, 그런 경우가 도래한다. 하지만 그것은 고유의 길을 벗어난, 그리고 다른 문화권에서는 종종 찾아보기 힘든 증대된 명석함에 따른 경우이다.

반면에 강한 악센트가 지배하는 영어에서는 굳이 헤아리지 않더라도 오보격 운율pentameter 안에 있음을 쉽게 알 수 있을 뿐더러 이 시구는 매일매일의 말과 자발적인 연속성 가운데 있게 된다. 예컨대 『율리우스 카이사르Julius Caesar』의 첫 부분에서 "산문으로" 된 두 호민관의 대화는 순간순간 리듬을 가지면서도, 몇몇 평범한 사람이 사회의 상태에 대해 내비친 생각과 아무런 단절도 보이지 않은 채 진행된다. 그렇게 그들의 신념의 표현은 그렇게 더 큰 강도를 얻지만 상위 현실에 대한 그 어떤 꿈도 찾아보기 힘들다. 영어 운율에는 평범한 세계(다시 말해 삶, 죽음, 욕망, 그것의 좌절, 그리고 유한성의 모든 집기들)가 들어갈 수 있는 것이다. 따라서 이 운율은 확실히 하나의 형태이긴 하되, 체험된 시간의 경험이 계속해서 그것을 드나들고 심지어 가공하기까지 하는 형태이다. 만약에 이데올로기에 따라 저자들이 그들의 글에서 이 존재를 기억하기를 거부한다면, 그리고 16세기 말에 그러했듯이 소네트에서 그토록 쉽게 행할 수 있는 운율의 자기 안으로의 닫힘을 선호한다면, 그것은 그들이 보유하고 있는 부를 저버리며 스스로의 가능성, 스스로의 커다란 가능성을 배반하는 일이 될 것이다. 셰익스피어가 열네 행 시에 대한, 내가 보기에 본질적으로 비판적인 독서를 통해 그 것을 입증했듯이 말이다.

아직 데뷔 초기이던 시절, 트로이 멸망의 이야기에서 셰익스피어의 주의를 끌었던 것은 운율이 실존에 대해 가질 수 있는 지성이며, 그 이야기의 메아리는 『햄릿』에 남았다. 내가 또한 생각하는 것은 위대한 영어 운율(단장短長, iamb 오보격 운율)의 힘에 대한 의식이, 그가 나중에 『햄릿』을 쓰면서 그리고 거기서 세계 내 존재의 비참을 포착하면서 단어들에 대한 작업을 통해 그토록 큰 결핍에 종지부를 찍을 책임을 짊어질 수 있었다는 사실을 설명해준다는 점이다. 런던 생활 초기에 젊은 셰익스피어는 당시 매우 중세적인 상태로 남아 있던 맥락에서 서투르게 빠져나오는 가운데 있던 운율에 확실히 관심이 깊었다. 그는 몇몇 저자들의 작품을 들으면서 더욱 진정한 실존에 직접적인 방식으로 다가가는 데 필요한 방도가 거기 있음을 깨달았다. 셰익스피어는 사실 가까운 영국 역사를 담은 시대극에서부터 본능적으로 오보격 운율에 기대를 걸었다. 『헨리 4세』 시작 부분의 놀라운 장광설을 보라. 그러나 그가 글쓰기에 완전한 신뢰를 두기로 작정하게 된 것은 내가 보기에 『햄릿』을 쓰면서부터인 것 같다. 대담한 "무운시 blank verse"가 햄릿이 의심하는 "단어들, 단어들, 단어들"에 삶을 이해하고 관리할 능력을 되돌려주기를 기대하면서 말이다.

5

이 작업이 어디서 완료될 수 있겠는가? 햄릿이 죽으면서 "나머지는 침묵이다"라고 말하고 난 시점에 결정해야 하는 작품들 속에서가 아니라면 말이다. 사실 작업은 이미 진행 중에 있다. 헤카베의 고통스러운 외침 속에서 강한 악센트의 파고드는 힘과 그것의 놀라운 잠재력을 느낀 바로 그 순간, 셰익스피어는 벌써 이 잠재력이 작용하게 만드는 운율을 사용하고 있으니, 바로『햄릿』의 장면들이 그에 해당한다. 비록 그는 지금 엘시노어를 그리면서 세계 내 존재의 타락을 확인할 수밖에 없지만, 그럼에도 불구하고 다른 작품들을 구상하는 것은 가능하다. 그것은 비극 또는 비극성을 넘어서는 작품들로서 거기에는 단장 오보격 운율의 실존적 상황으로의 진입이 문득 스스로를 되찾은 정신에 더욱 큰 명석함을 보증해줄 것이다.『햄릿』의 깊은 의미, 그것은 산문적이라고 부를 수 있는 세계와의 관계를 위반하고 실질적 실존의 변화(변모)로 나아가는 운율 활용의 필요성을 드러내면서 그 실천을 시작하는 데 있다. 이 위반은 비극성 자체, 현대의 비극성인데, 왜냐하면 당분간은 인물을 아무런 지탱점, 지표도 없이 내버려두기 때문이다. 하지만 이 인물은 현 시점의 "단어들, 단어들, 난어들" 너머로 말하는 존재가 아직 알지 못하는 행복을 예감한다.

나는 셰익스피어의 운율(특히『율리우스 카이사르』와 더불어 시작하고, 거의 바로『햄릿』을 구상한 두 번째 시기의 운율)이 지닌 조사와 쇄신의 힘을 강조하고자 한다. 그것은 많은 사람들이 그렇게 말하길 좋아하고, 또 그것이 당연하다고 여기는 것처럼 작품의 상황 및 사건들에, 그리고 인물들의 감정과 생각에 활기차게 적응하는 유연한 운율이 아니다. 그것은 또한 관찰된 얼굴에서 인생의 움직임을 좇는 붓이 아니다. 그렇다. 그것은 체험된 실존에 실려 있는 칼로서 꺼진 생각과 빈약해진 말의 주름들 속에 담긴 실존의 얽힘을 찢기 위한 것이다. 그리고 이렇게 조각난 소외, 억압에서 우선 배출되는 것은 심리적이거나 사회적인 진리가 아닌가. 그렇다. 그것은 하나의 빛, 하나의 계시, 예컨대 늙은 리어 왕을 파괴하고 구원하는 빛, 『겨울 이야기』 마지막 부분의 재회 장면에서 확인되는 빛이다. 셰익스피어의 운율은 삶을 사진 찍지 않고 소생시킨다. 그것은 환상, 모순, 두려움이 가득한 현재의 밤 속으로 어찌나 깊이 들어가는지, 이 시인 극작가가 쓰는 비극들을 어둠 속에서, 절대적 어둠 속에서 연기할 수 있을 정도이다. 그것은 요컨대 눈을 크게 뜨고 나아감에 충실한 것이리라.

어쨌거나 셰익스피어의 작품들, 특히 『햄릿』에 이어지는 작품들에 대한 연구가 시작되어야 하는 것은, 아니 그보다 차라리 다시 시작되어야 하는 것은 이러한 지점에서, 그리고 이 같은 표지 아래에서이다. 우리는 그렇게 이 시인이 어떻게, 자기 글 가운데 하나의 단순한 기의에 불과한 햄릿의 자리를 취하면서 그 글을 환상에 불과한 재현으로 고착화하는 세계 질서에 대해 문제제기를 하는지 볼 수 있을 것이다. 그리고 그가 어떻게, 그의 펜 아래 살아 있는 모든 것이 사방으로부터 죽은 것을 탈구시키고 해체하려고 애쓰는 정신적 자리에 들어가게 되는지 발견하게 될 것이다. 이 자리에서는 많은 남녀가 오류, 미망 가운데 있다. 그리고 오셀로가 지르는 자기염오의 비명이 늙은 헤카베의 사랑의 외침을 억누르기를 계속한다. 하지만 이미 자리 잡고 있거나 형성 중에 있는 그 어떤 사고의 체계도 이제 자신의 닫힘에 우세함을 부여하지 못한다. 지나가면서 하는 말이지만, 심지어 덴마크 왕자가 비텐베르크에서 얼마간 공부한 것까지도 마찬가지다. 작품에 로즌크랜츠와 길던스턴이 등장하는 것(이는 『햄릿』에서 그들의 기능 가운데 하나이다)도 쉽사리 파렴치해지는 궤변을 두려워하도록 만들기 위해서이다. 이 열려 있고 파란 많은 무대에서 과거는 존재할 수밖에 없다. 그것은 미래의 장미가 피어나기 위해 필요한 것이다. 『햄릿』 이후의 작품들에서조차 가장 케케묵은 권력, 왕 또는 전쟁 지도자 권력의 양상이 그토록 자주 셰익스피어의 주의를 끄는 것도 같은 이유에서 비롯된다.

그러나 왕들의 부질없는 단어들은 그로 하여금 본질적인 문제, 다시 말해 절대에 뿌리를 내리고 있다고 생각하지만 바로 이 환상으로 인해 이상 따위는 신경 쓰지 않는 범용한 탐욕의 자리에서 속수무책으로 남을 수밖에 없는 담론의 덧없음의 문제를 표명하도록 돕는다. 『리어 왕』에서 그렇고, 『오셀로』에서 그러하다. 스스로에 대해 의심하는 법을 배우지 않은 말은 열린 틈을 갖고 있으며, 가장 서글프게 범용한 환희의 욕망이 현기증과 함께 그리로 뛰어든다. 그것은 기원의 악으로서 말의 풀림을 이용한다. 자기에 대한 관계의 한 사건인 그것은 설명할 수 없는 이아고[2]를 설명하며, 그것의 상징적 재현이 바로 클로디어스가 잠자는 귀에 붓는 독이다.

6

『햄릿』에 뒤이은 작품들의 시선 또한 이에 못지않게 근본적으로 미래지향적이니, 셰익스피어의 연극 전반에 대한 분석이 가능했다면 내가 선택했을 실마리, 곧 여성성의 추정된 본질적 성격(몽상에 쉽게 속아 넘어가는, 더할 수 없이 위험한 사변)이 아니라, 그의 시대와 다른 시대(모든 시대가 아니라면)의 사회 속에서 확인되는 여성의 조건에 대한 셰익스피어의 관심보다 그것을 한 작품 한 작품 더 잘 보여주는 것은 없다.

그에게 이 관심은 오래된 것이다. 그것은 심지어 생래적이

---

2 『오셀로』의 인물로서 데스데모나와 오셀로의 파멸을 초래한다.

라고까지 말할 수 있으니 우리는 시대극에서 종종, 그리고 희극에서 지속적으로 그것과 마주친다. 희극의 경우 그것은 『로미오와 줄리엣』과 『뜻대로 하세요As You Like It』에 이르기까지 강도가 점점 커진다. 이 두 작품에서 그 관심은 대칭의 양상을 띠며, 하나가 꿈의 약속에 마비되었다가 금방 희생되는 여성을 보여준다면, 다른 작품은 반항하며 자신의 정체성을 확립할 줄 아는 여성을 보여준다. 하지만 내가 보기에 이 커다란 생각이 자기의식에 가장 가깝게 다가가는 것은 『햄릿』에서이다. 따라서 나는 이러한 『햄릿』에서 (이는 나의 마지막 명제인데) 『겨울이야기』의 마지막 부분이 보여주는 기쁨의 외침에 이르는, 그리고 『템페스트』의 존재 이유를 구성하는 시적 창조의 함정에 대한 성찰에 이르는 실마리를 파악해보고자 시도할 텐데, 『템페스트』는 관례적인 유혹을 겪고 이겨낸 한 저자의 유인이라고 할 수 있는 작품이다.

여성의 조건은 『햄릿』에 대한 생각의 초기부터 셰익스피어의 머리를 떠나지 않는다. 작품의 '플롯'이 복수, 다시 말해 점차 불가능한 것으로 밝혀질 하나의 행위인 것에는 의심의 여지가 없다. 하지만 이 행동 (이 비행동) 아래에는 하나의 '하위 플롯'이 있으니, 그것은 사랑, 오필리어에 대한 햄릿의 사랑이다. 우리는 그가 동의한다면, 그것이 그에게 하나의 존재 이유를,

햄릿의 망설임과 셰익스피어의 결단

그리고 또 그의 아버지에 대해 복수하는 유일하게 좋은 방식을 제공할 것임을 느낀다. 그만큼 감당된 사랑은 존재하는 모든 것, 또는 존재했던 모든 것에 대해 새로운 시선을 던지며, 노인을 희생시킨 소외를 뿌리 뽑을 수 있는 것이다. 사랑, 다시 말해 랭보, 또 한 번 랭보가 "사랑을 재창조하고" "삶을 바꿀 것"을 시에 요구하면서 염두에 두고 있던 자기 선택, 『햄릿』의 비밀 속에서 탐색되고 나타나는 것은 바로 그것이다. 겉보기에는 단순한 복수에 불과한 그 사건이 비극이 되게 하고, 또 우리가 사는 사회와 관련해 의미와 가치를 갖도록 만들면서 말이다.

아무튼 (상기컨대 그것은 나의 첫 번째 지적이었다) 셰익스피어가 쓴 『햄릿』에서 실체가 확인된 인물, 곧 유산에 대한 믿음이 결여된 상속자가 느끼는 사랑은 그가 헤어나길 원하는 바로 그 과거에 태어난 여성들에 대한 불신에 의해 처음부터 구속되고 마비된다.

이러한 생각 때문에 남성은 온전히, 그리고 실질적으로 진리에 다가가면서, 만약에 그가 원한다면 진리가 요구하는 대로 행동할 수 있다. 한데 실존 속 존재의 체현으로부터 불과 한 걸음 떨어진 곳에 있음에도, 여성은 남성의 단어들로 표현될 수 없는 감정들과 함께 그리고 그것들로 환원되지 않는 관심들과 함께 바깥에 머무는 존재로 확인된다. 이 내면성은 그녀의 파트너가 이해하지 못할뿐더러 심지어 두려워하는 것이다. 그만큼 그는 과잉이나 결핍으로 인해 그녀가 그에 대해 행사하는 매력을 알 수 없는 목적을 위한 무책임한 행위 가운데 사용하지 않을까 겁내는 것이다. 남성은 낮이고, 여성은 밤이다.

햄릿이 오필리어를 처참히 모욕해 그녀가 경악하고 공포에 질리며 괴로움에 짓눌려 부서질 때, 매우 낡은 교훈을 늘어놓으면서 그가 표현하는 것은 바로 그 생각이다. 작품에서 본질적인 자리를 점하고 있는 문제의 장면으로 나는 다시 한 번 더 되돌아가야 하는데, 이것은 또한 사회에 대해 성찰하기 위해서이기도 하다. 폴로니어스의 얌전한 딸의 습관일 리가 없는 분粉과 치장으로 이중성의 단서를 삼으면서, 햄릿이 비난하는 것은 물론 모든 여성이다. "신은 당신들에게 하나의 얼굴을 주었는데, 당신들은 그것을 다른 얼굴로 만들고 있소" 하고 그는 여성 모두를 향해 한탄한다. 그들 가운데 하나가 덕성스럽고자 하거나 그렇다고 상상한다고 해도 "아름다움의 힘은 금방 덕성을 포주로 만들어버릴 것"이라고 그는 생각한다. 분명 육체의 아름다움은 법의 눈에 가치를 갖지 못하며 품위는 더더욱 갖지 못한다. 그것의 목적과 동기는 추상적 재현으로 구성되며, 이 추상적 재현의 두려움과 환상이 소박한 성질의 지각을 왜곡할 수밖에 없기 때문이다.

『햄릿』은 우리 사회가 이해하는 대로의 법을 이유로 남녀 관계를 빈곤하게 만들고 그것의 가능한 조화를 해체하는, 또한 그것의 행복을 불가능하게 하고 자주 간헐적이기만 한 것으로 만드는 오해의 연출이다. 사실 자신이 모욕하고, 또 증오하고 있다고 상상하는 햄릿은 그와 동시에 자신은 그럴 이유가 없음을, 심지어 그러면서 (그가 말하는 것처럼) 스스로의 대의명분을 저버리고 있음을 아는, 고통 받는 존재이기도 하다. "저는 오필리어를 사랑했습니다" 하고 그는 자신이 불행에 빠뜨린 여인의 무덤 앞에서 외칠 것이다. 하지만 그때는 이미 너무 늦을 것이다. 아무것도 그가 오필리어에게 저지른 잘못을 고쳐놓지 못하고, 또 고칠 수도 없을 것이다. 그녀가 4막에서 파괴된 모습으로 나타날 때, 그녀 앞의 클로디어스는 햄릿이 여성에 대해 두려워하는 모든 것보다, 그리고 거트루드보다 확실히 더 부도덕하다.

엘시노어나 다른 곳의 다른 여자들은 덜 학대당하며 살 수 있는데, 오필리어는 단지 운이 없었던 것이 아니다. 모욕의 장면의 연장선에 있는 꽃의 장면에는 그녀를 희생시킨 폭력과 배신이 남성적 행태의 예사로운 효과 가운데 하나라는 사실이 암시되어 있다. "성 밸런타인, 축일이었지요" 하고 오필리어는 슬프게 노래한다. 청년이 자기 삶에 처녀를 맞아들이고 그녀에게 헌신하겠노라고 고백한 날은 위대한 약속의 날이었다. 그러나 그는 법이 의미를 박탈해버린 육체만을 생각하고, 이는 그녀를 알 수 없는 존재로 만든다, 이 존재는 그를 당혹스럽게 하고 더 이상 그의 머리를 떠나지 않는다. 결국 알고 사랑하는 것이 불가능한 그는 그녀를 강간하고 버린다. 확실히 많은 여자들의 운명을 이 거짓말과 강간보다 더 잘 요약하는 것은 없거니와, 거트루드는 공감과 함께, 그리고 심지어 감정의 동요와 함께 오필리어의 말에 귀를 기울인다. 잘못이 있기는 하지만 비방을 당하기도 하는 왕비는, 왕비임에도 여성이기에 자신이 겪어야 하는 운명에 대해 오래 생각한다. 비록 별 가치 없는 이익을 위해 체념을 선택하고, 그로 인해 고통스러워하는 그녀이지만 말이다.

오필리어는 희생의 상황에 처한 여인이다. 우리는 그녀가 그 의미를 생각하면서 꺾은, 그러나 이제는 아무에게나 건네주는 (나는 다시 한 번 랭보와 더불어 바겐세일이라는 표현을 쓰겠다) 꽃들이 그녀가 품었던 희망, 살아 있는 존재로서의 육체와의 일치만큼이나 본능적이고 풍부한 희망, 다시 말해 영혼이라고 불러야 할 믿음, 신뢰의 상실에 관련되어 있음을 안다. 우리는 또한, 그녀가 이성을 잃기보다, 그녀가 좋아하지 않을뿐더러 자기 것으로 삼으려고 애쓰지 않는 방식으로 그녀의 주위에서

부산을 떠는 다른 사람들에게 삶을 이해할 책무를 양보했다는 사실을 인정해야만 한다. 오필리어는 결코 미친 것이 아니다. 그녀는 그 꽃들을 통해서 진정한 실재임을 아는, 하지만 더 이상 그것을 꿈꾸는 것, 그것도 희망 없이, 그로 인해 죽을 정도로 꿈꾸는 것밖에는 자신에게 다른 도리가 없는, 자연과 실존의 상호적 내밀함을 말할 따름이다.

존재 가운데 흐르는 자연인 시냇물을 향해 가면서 그녀가 엮는 화환, 그녀에게로 고개를 숙이는 버드나무, 기원의 시간, 다시 말해 청년과 처녀가 나뭇가지 속의 새들처럼 과오를 저지른다는 생각 없이 결합하는 세계 내 존재의 봄에 속한 것들인 까닭에 그녀가 부르는 "옛 노래들", 동요되었지만 여전히 이 음악이 가능한 오필리어는 인간의 자리로부터 (마치 인간의 자리가 그것을 원하는 양) 물러나는 "자연의 빛"이다. 우리의 현대는 이 빛을 헛되고 불길하다고 말하지만, 현대는 시냇물, 미나리아재비, 그리고 심지어 거트루드가 상기시키는 것처럼 "방자한 목동들"이 덜 정숙한 이름으로 부르는 "죽은 이의 손"과 여전히 그토록 가깝다.

해체되는 사회, 응집을 생각할 수 없는 풀림. 하지만 노래하는 오필리어의 방황은 보편적 시의 최고봉 가운데 하나로서 연금술의 색채를 띤 확인 이상의 것이다. 왜냐하면 그렇듯 많은 꽃과 과일이 있는 땅 위에서 어째서 여성이 그토록 쉽게 배제되고 희생당할 수 있는지 그녀는 설명해주기 때문이다.

음악과 더불어 그 주된 기표가 되는 것, 곧 오필리어가 모았다가 흩어버리고, 햄릿의 성에서 멀어지며 하염없이 하염없이 꺾을 꽃들로 되돌아오자. "이건 기억을 위한 거예요"라고 그녀가 말하는 로즈마리에 대해, 회향과 메발톱꽃에 대해, 그리고 "은혜의 꽃이라고 부를 수 있는" 운향꽃에 대해 생각해보자. 그것은 지면에서 빛나는, 대단히 소박한 식물의 생명에마저도 신성함이 있다는 사실을 보여준다. 또 "죽은 이의 손"에 대해 생각해보자. 이 식물들과 꽃들은 그것, 곧 식물, 꽃에 불과한가? 그렇지 않다. 왜냐하면 그것들 각자에서 오필리어는 실존을 해석하고, 그 차원을 표명할 하나의 방식을 보기 때문이다. 이는 우리에게 기호의 삶과 본질에 위치한 두 층위에 대해 숙고하길 요구한다.

우선 말할 것은 우리는 식물과 그 꽃들로 식물도감의 페이지들을 만들면서 그들 각각에게 개념에 다름 아닌 이름을 부여하고, 지식의 도식과 목록에 이 이름을 배치하며, 금방 꺾은 꽃의 향기와 신선한 색깔을, 개념의 망에서 형태를 취하는 종류의 현실로 대체한다는 사실이다. 이렇게 접근된 식물의 풍부함은 지적인 앎의 대상이 되는데, 이제 변별적인 양상으로 나타나는 꽃받침, 꽃부리와 함께 꽃의 책으로 온갖 학문의 알레고리를 삼는 것은 정당한 일로 보일 정도이다. 다만 이때 더 이상 꽃다발과 화환을 생각해서는 안 된다. 꽃들을 짝짓는 이 다른 방식에 대해 식물학은 아무런 관심도 없기 때문이다.

그러나 불안한 운향꽃이나 눈에 잘 띄지 않는 메발톱꽃이 이번에는 우선, 그리고 특히 그것들을 꺾는 이들에게 중요한 의미를 띤다면? 로즈마리가 "기억을 위한 것"임을 잊지 않았다면? 이 경우 의미는 시간을 모르는, 그리고 개별적인 실존 따위는 아랑곳하지 않는 언어에서 식물의 이름을 취하지 않는다. 오히려 정반대로 삶과 겨루는 남녀들의 관심과 소원을 기꺼이 고려하며, 그들이 알든 모르든, 그들의 머리를 떠나지 않는 것을 향해, 이를테면 다가올 그들의 실존, 되돌릴 수 없이 지나가는 시간에 대한 그들의 두려움, 스스로의 유한성에 대한 그들의 감정, 그리고 모든 유한한 실존을 그 커다란 물결의 영원성으로 실어갈 수 있을 통일성에 대한 예감, 이 모든 것을 향해 열린다. 그리하여 이제 꽃다발과 화환은 분명한 존재 이유를 지니며 의미를 취한다. 그것들은 꽃들에서 이제 더 이상 이런 저런 양상이 아니라 전체적인 형상(그들의 얼굴)을 관찰하고, 그 존재가 암시하는 생각들을 명상하고, 이 생각들을 소원과 희망 속에서 결합하면서, 사람이 자기에 대해 성찰하되 그렇다

139

고 해서 스스로의 본질적인 유한성을 두려워하지는 않도록 한다. 그들은 '하나'를 위해 증언하며 이 '하나'는 모든 삶에서 직접성, 사랑의 능력, 다른 삶과의 결합을 위한 소명을 보존한다. 한데 이는 꽃다발과 화환을 묶고 엮는 이들을 존재의 담지자로 만드는 것에 다름 아니다. 그들은 자신들의 일한 결과를 자주 제공하며 불안한 운명들이 자신들의 운명과 합류하도록 권유한다. 생일 꽃다발, 축제 날 아침 벽에 걸린 화환들, 이것들은 인간의 기획이(지속된 창조가) 땅 위에서 지속되게 해줄 협약의 제안이다.

꺾은 꽃은 식물학자의 목록에서 하나의 지식을 수립하지만 자신과 타인들과의 살아 있는 관계를 해치는 과오였던가? 요컨대 다시 시작하는 원죄인가? 그렇다. 하지만 꽃다발을 위해 꺾이고, 초원에서 더 이상 하나의 종의 대표로서가 아니라 지금 여기의 작은 생명으로 포착되었으며, 시들 운명을 지녔음을 알되, 그런 만큼 실존의 자격, 곧 꽃으로 인정된 그것은, 존재에 대한 되살아난 생각이자 이제 더 이상 공간의 무無밖에는 없는 곳에서 몸과 의미를 취하는 땅이기도 하다.

꽃다발, 그것은 존재의 구축이다. 그것은 과오를 바로잡는다. 그것은 말없이 시를 이루는 "존재의 의지"를 표현한다. 시는 세기들을 통해, 사물의 바깥과 이 바깥 위에 구축되는 생각과의 어려운 관계 속에서 꽃이 그에게 가져다주는 도움에 힘입어 성찰하길 그치지 않았다. 시, 그것은 땅 위의 현존의 층위에서 사물(언제나 하나의 삶)을 취하는 것이며, 여기에서 사물은 여러 장소 가운데 한 장소에서 한순간 실존할 따름이고 바로 이 사실로 인해 그것을 꺾는 이에게는 실재이며, 그러므로 잠재적으로 존재에 속한다. 시, 그것은 가장 작은 단어 안에서 그것의 개념적 사용으로부터, 담론으로부터, 사물들을 호출하는 힘을 향해, 말을 향해 오르는 것이다. 그것은 하나의 단어가 다른 단어들과 결합하며 모두 고유명사가 되는 가운데, 그 단어 안에서 꽃다발이나 화환의 경험을 다시 사는 것이다. 나는 이것을 정신이 꽃에서 발견하는 자산이라고 부를 것이다. 그러나 슬프게도 이 자산을, 단순한 물질에 대한 욕구에 의해 계속해서 더욱 혼미해지기만 하는 사회는 점점 더 자주 거부하고 검열하고 비방한다.

그렇다면 오필리어는 어떠한가? 비극의 마지막 부분에서 완전히 황폐해졌다고는 해도 그녀는 여전히 얼마동안 그러한 생각을 온전히 힘 있게 표현하지 않는가? 이 시적 직관의 표출은 위대한 존재의 욕망을 그토록 쉽게 포기하고 (거트루드가 그리하듯) 단순한 소유의 욕망을 향해 후퇴하도록 그렇게 강하게 유혹당하는 엘시노어가 배경인 만큼 더욱더 인상적이다. 오필리어는 우리 안에 환원할 수 없는 시의 필요가 있음을 나타내는 분명한 증거이다.

7

그러나 그만큼 그녀는 사회가 여성들에게 가하는 과오의 잊을 수 없는 형상이고, 심지어 그녀 자체는 그에 대한 복잡할 것 없는 설명이다. 자신들이 속한 사회의 가치 및 법과 일체를 이루는 남성들은 스스로가 절대의 소유자임을 느낀다. 그들은 현재의 질서를 자신들과 다르게 살 수 있다고 생각하는 것을 참지 못한다. 그들은 싸구려 장신구를 보며 근심 어린 시선과 비난을 외면한다. 이 비난이 사랑에서 비롯된 것이라고 해도 말이다. 가치 및 법? 이것들은 그러나 개념적이어서 하나의 일시적인 구축일 뿐이다. 이 토대 없는 축조물이 단번에 또는 부분적으로 무너지지 않도록 하기 위해서는 정말로 산 시간, 곧 유한성의 모든 기억을 억압하고 검열하는 (따라서 왜곡하고 비방하는) 것이 유용해 보일 수 있다.

그런데 사회적 역할 분담에서 그것을 기억하는 것은 자주 여성들이다. 또한 키츠, 레오파르디, 보들레르 그리고 우선 셰익스피어, 그렇다, 이 시인들 역시 확실하게 그것을 기억한다. 하지만 집단적 성찰과 결정의 장에서 이 시인들의 자리는 좁다. 거기에서 사람들은 그들의 존재를 주변화하기를 그치지 않는다. 반면에 여성들, 모든 여성들은 기억을 돕는 말의 체험을 보유한다.

어째서, 어떻게 그러할까? 그것은 남성들의 신과 경쟁하는 어떤 신이 그녀들을 돌보면서, 남성들의 것과 다른, 더 뛰어난 감수성을 신비로운 방식으로 그녀들에게 부여해주기 때문은 결코 아니다. 그러한 생각은 상징주의적 몽상에나 맡겨둘 일이다. 이는 시간의 부정에 은밀히 봉사하는 지배질서의 그루터기 새싹에 불과하며, 삶의 직접성을 통제하는 커다란 도식의 집행자일 뿐이다. 여성들은 아이들이 자라는 것을 보거나 보게 될 어머니이든지, 어머니가 되든지 할 것이다. 그런데 아이들은 초기에 삶의 진실에 대한 직관적 인식을 법의 지식으로 대체하는 어른의 사유의 단어들을 아직 가지고 있지 않다. "오 멋진 신세계!"[3] 사물들의 충만한 존재에는, 반성적 관찰이 전체로부터 분리해내는 양상들의 간섭(전체는 이제 파편화된다)이 없다. 과일을 따는 순간 그 과일은 하나인 것이다. 어떻게 그

---

3 『템페스트』 5막 1장.

들을 더 가르칠까? 어떻게 그들을 사회적 실존의 자리와 과제들로 이끌까? 그들의 말의 첫 행위들을 사랑하는 수밖에는 다른 도리가 없기에, 그들처럼 과일을 과수원의 나뭇가지 위에서 인식하거나 그들이 넘어질 때 다시 일어서도록 손을 내미는 것이 그 방법일 수 있다.

어린아이를 어른들의 사회에 맞아들일 책무를 그토록 자주 짊어지는 여성은 실존적이되 분석적이지는 않은 그의 시선에 공감할 수밖에 없다. 그가 글을 배울 때 곁에 앉은 그녀는 알파벳 책에 나오는 C로 시작하는 단어 '개'와 M으로 시작하는 단어 '집'을[4] 사전의 규정에 따라 보지 않는다. 그녀는 여백에 종종 매우 간단하게 그려진 (바탕이 흰색이어서 느슨한 느낌을 주는) 그림이, 우선 그 책에서 삶에 대한 설명을 기대하는 어린 존재가 가지고 있거나 욕망하는 집 또는 개를 의미한다는 사실을 기꺼이 받아들일 것이다. 공부가 끝난 다음에 그녀는 아이와 함께 산책하면서 길가에서 꽃을 딸 텐데, 그것은 그녀에게, 그리고 그에게 존재로 여겨질 것이다. 그녀는 오필리어와 똑같은 직관을, 똑같은 희망을 가지고 그것들로 꽃다발을 만들 것이다.

---

4 프랑스어로 개는 'chien', 집은 'maison'이다.

아이, "아기", 다시 말해 언어의 문턱에 있는 정신은 단어들에서 단순히 지시적인 기능을 소생시킨다. 그는 거기서 사물에 대한, 아니면 사물이나 가까운 사람의 존재(이 존재는 나중에 은폐될 것이다)에 대한 분해되지 않은 단일한 지각을 다시 시작할 것을 제안한다. 그것은 정말로 사실인지라 생식은 세계의 쇄신, 잠깐 동안의 다시 태어남, 외양의 공간 속으로의 존재의 복귀를 허락해준다고 말할 수 있을 정도이다. 이는 바로 시가 시도하는 것이기도 하다. 어릴 때는 꽃다발과 화환을 자발적으로 좋아한다. 어린 시절은 어른들에게 내가 앞서 이야기한 꽃의 자산을 제공한다. 또한 어린 시절은 필연적으로 불안할 수밖에 없는 모든 정통의 지배질서가 조언으로 배척하고 결단으로 배제하길 원하는 대상이다⋯⋯. 어린 시절은 정신의 회춘이지만 그와 동시에 사회질서가 두려워하고 심지어 거부하는 것이기도 하다.

대부분의 경우 여성들이 그러한 삶의 시작을 돌보며 자주 그와 같은 책무를 예감한다는 사실은 벌써 그녀들을 희생시키는 불신과 소외를 깊이 설명해주는 이유 가운데 하나가 된다. 여성들은, 아이들이 사용하는, 아니 차라리 사는 방식대로 단어들을 이해하는 것이 가능하다. 그들은 꽃다발을 만들 줄 안다. 사회관계를 바꾸고 자신들의 권리를 행사하려고 시도할 때, 그들은 존재의 필요를 위해 소유의 욕망을 낮춘다. 한데 존재의 필요는 고통 속에서 지속되고, 이번에는 그들을 고귀하게 만든다. 그것은 따라서 개념적 기도의 체계화에 형이상학 없는 존재론을 대립시키는 것인바, 이는 정통, 이데올로기, 곧 권력을 쥐고 있거나 쥐려고 애쓰는 모든 압제를 침몰시킬 수 있다. 만약에 햄릿이 오필리어를 이해한다면, 그 망설이는 인물은 심연으로 다가가면서 필요한 구원의 발걸음을 감행할 것인가? 스스로의 정신에서 모든 것에 대한 무의 사유를 떨쳐내고, 물질에는 근본적으로 부재하는 의미를 인간관계 위에 수립하면서 말이다.

한편에는 환상, 타자의 거부, 행복 없는 성취가 있다. 이것들은 (환원적이고 중립적이며, 타락한 목적을 위한 침탈에 대해 아무런 방비도 없는) 바깥의 진리의 피할 수 없는 결과물인데, 비록 그것이 필요하다고는 하나, 어디까지나 개념적 도구에서 생겨나는 것이다. 다른 한편에는 직관이 있다. 직관은 모든 시련에 맞서는 것을 허락하는데, 왜냐하면 고통을 만난다고 해서 진정한 기쁨의 체험이나 희망이 사라지는 것은 아니기 때문이다. 그것은 단연 사회의 가장 깊은 균열이다. 이러한 사실은 많은 두려움과 박해를 설명해준다. 그리고 또한 비극의 원천으로 거슬러 올라가게 해주는데, 비극이란 유한성에 대한 두려

햄릿의 망설임과 셰익스피어의 결단

움 때문에 자기 위로 정신을 닫아버려야 할 필요와, 시간 또는 죽음에 대한 생각이 통일성 가운데 모든 것에 다가가는 것, 곧 진정한 선이라는 직관 사이의 갈등 이외에는 아무것도 아니다. 이를테면 크레온에 맞서는 안티고네인 것이다.

8

나는 다시 셰익스피어에게로, 요컨대 오필리어 구상이 보여주는 그의 생각으로, 그리고 연극의 시가 삶의 쇄신에 가져다줄 수 있는 것에 대한 그의 성찰로 되돌아온다. 이 성찰을 당시 셰익스피어가 시도했으리라는 사실을 나는 의심하지 않는다. 실제로 『햄릿』과 함께 우리는 진실에 장애가 되는 악에 대한 우려와, 진실에 자명함을 부여하고자 하는 욕망이 비극을 처음부터 끝까지, 그것도 완전히 명시적으로 지배하는 시기 직전에 있지 않은가? 한여름 빛에 의해 갑자기 변모한 『겨울 이야기』가 그 경우에 해당할 것이다.

분명한 것은 여성들의 조건에 대한 그의 인식이 글쓰기 기획의 중심에 남게 될 것이라는 점이다. 남녀관계는 모든 연극의 기조이며, 데뷔 때부터 셰익스피어의 깊은 관심을 끌었다.

역사극의 몇몇 장면은 그 관계의 어려움, 오해, 불균형을 보여 준다. 그러다가 기만적인 이상화("열애의 환상")가 기승을 부리는 관계의 불균형이 한 여성을 단순한 보통의 죽음으로 내몰 수 있음을 『로미오와 줄리엣』이 확인하다. 그러나 『햄릿』은 한 걸음 더 나아간다. 오필리어의 꽃들, 그것을 화환으로 엮고자 하는 결코 포기할 수 없는 욕망, 이것들은 이데올로기, 정통, 그리고 스스로에 갇힌 여타의 사유들이 권력을 유지하기 위해 애쓰는 도처에서, 여성들에 대해 두려움을 품게 만드는 것은 바로 존재에 대한 그들의 지성이라는 사실을 한 시인이 이해했음을 드러내주는 표지이다. 이런 사실을 인식하는 것, 그것은 사회 전체를 가로지르는 단층을 의식하는 것, 그리고 특히 연극의 경우 그것의 탐험이 다른 모든 기도에 대해 우선권을 갖는 한에서만 진실이 있을 수 있음을 예감하는 것을 가리킨다.

실제로 『햄릿』 직후에 셰익스피어가 우선적으로 시도한 것이 바로 그 탐색이다. 노래와 꽃의 장면은 인간의 자리의 해체였고, 내가 말했듯이, "풀림"이었다. 셰익스피어는 되풀이되는 중대한 실존의 상황에 대해 그 편견을 검토하고자 했고, 그 결과 독직과 불의의 인식, 감정의 동요와 호소의 외침에 대한 관심, 고착되는 담론에서 말의 활기가 되어줄 모든 것, 흩어진 것들이 다시 한 번 하나로 모이는 자리, 그리고 존재가 도래하는 미래가 관건이 된다. 물론 주위의 적이나 스스로의 의심에 의해 지속적으로 피폐해지고 종종 마비되며, 이아고 같은 인물이 승리할 때처럼 이따금 실패하면서 말이다. 만약에 할 수만 있다면 나는 『햄릿』의 저자가 어떻게 그런 인물에 매달릴 수 있었는지 보여주려고 시도할 것이고, 내가 결코 맨 처음은 아니지만, 여성의 조건에 대한 관심이 그의 연극의 후반기를 얼마만큼 압도적으로 지배하는지 우선 보여주려고 애쓸 것이다.

『오셀로』, 『안토니와 클레오파트라』, 『겨울 이야기』는 바람직한 화해를 향해 가는 주된 선線을 그리는데, 이는 부당함과 부인에 의해, 그리고 오시리스의 몸을 재구성하는 이시스의 후계자로서 이집트 여왕이 다시 확립하는 여성의 "고귀함 nobleness"에 의해 이룩된다. 『리어 왕』의 경우, 남성의 "성숙함ripeness"이 진리에 다가가는 데는, 놀라기는 했지만 대담한 코딜리어의 본보기가 필요했다. 『템페스트』는 범용하게 예술적인 기도를 고발하는데, 이때 문제가 되는 것은 미랜더를 극단적으로 이기적인 야심의 단순한 내기거리, 수동적이길 바라지만 실상 한 번도 달리 상상되지 않은 내기거리로 삼는 푸로스퍼로의 꿈이다. 심지어 『맥베스』조차 여성에 대한 하나의 생각을 보여준다. 안개 속, 꿈과 악몽의 가장자리에서 마녀들은, 소네트들에서 언급되었던 "다크 레이디"들의 환상적 공포를 의미한다. 봉신으로 하여금 군주를 살해하도록(소유에 목적을 둔 성급하고 경솔한 위반을 행하도록) 부추기는 아내는 전형적으로 여성적인, 그리고 결정적인 순간에 모습을 드러내는 하나의 구실을 갖고 있거니와, 그것은 생식과의 불행하고 박탈된 관계이다. 그녀는 어린아이의 말을 접해보지 못했던 것이다.

여성들은 셰익스피어의 비극 도처에 존재한다. 그들은 꿈같은 이미지, 전원시 풍의 환영이 아니라,『겨울 이야기』의 마지막 부분에서 구원받은 허마이어니[5]가 구현하는 것 같은 조화의 기획에 기여하기 위해 자기들이 어떤 용기와 어떤 결단, 그리고 어떤 인내를 발휘할 수 있는지 보여주는 모습으로 나타난다. 그리하여 해빙되는 이미지, 그리고 이제 꿈, 위험한 환상, 헛된 아름다움이길 그치는 예술 주위로 사방에서 하나의 음악이 증대된다.

이 연구를 더 멀리 밀고 나가는 일을 포기하기에 앞서 한 가지 본질적인 지적을 해야겠다. 그것은 셰익스피어에게 여성의 조건에 대한 관심은, 그것이 아무리 중요하다고 해도, 그의 직관의 전부가 결코 아님은 물론 기획의 전부도 아니라는 점이

---

5 『겨울 이야기』에 나오는 시칠리아의 왕비로서 남편으로부터 부정을 저질렀다는 오해를 받지만 결국에는 누명을 벗는다.

다. 그의 연극 곳곳에서 확인할 수 있는 것처럼, 그에게 분명한 것은 여성들의 사회적 소외가 그것을 초래한 상대방이 겪는 그만큼의 비참과 일상적 실존 속에서 일체가 된다는 점이다. 지배하는 남성은 능욕당한 여성과 마찬가지로, 자신에게 기원을 둔 생각의 희생자인 것이다. 연극의 자유를 청교도적으로 경멸하는 이들이 동원될 때, 셰익스피어는 데스데모나와 더불어 고통스러워하는 만큼이나 오셀로의 덫을 해체하는 일에 자신의 절대적 의무가 있음을 인정하지 않을 수 없었던 것이다.

그러나 강조해야 할 것은, 셰익스피어에게 남성의 조건에 대한 시선은, 여성들의 운명과 존재에 대한 그의 성찰이 적어도 부분적으로나마 이미 마련해놓은 공간 안에서만 열린다는 사실이다. 셰익스피어는 오필리어의 불행을 통해 햄릿의 생각들로 거슬러 올라가며 그것들의 모순과 억압, 그리고 그것들에 아직 남아 있는 기회를 가늠할 수 있는 것이다. 이는 사회적 행태의 확인과 그 갈등에 대한 분석 아래에서 수행되는 작업인데, 왜냐하면 셰익스피어는 대번에, 그리고 본능인 양 공포, 고통, 침묵의 호소, 방들의 어둠 속에서 질식당하는 외침을, 진리와 선을 수립할 수 있는 유일한 현실로서 인식하기 때문이다. 셰익스피어는 사유의 정통이 그것을 원하는 이들에게서 자기의식의 무효화로 슬픈 행복을 삼는다는 사실, 그리고 환상에 빠지는 능력과 형이상학적 겉치레가, 그가 살았던 당대 사회의 커다란 불균형과 일부 고통의 원인이라는 사실을 안다. 따라서 그는 사람들이 거의 항상 직접적이고 단순한 것에 대립시키는 겁에 질린 부인에 주목하는 것이 중요하다는 사실도 안다.

9

셰익스피어에게 인간조건에 대한 이해는 삶에서 자기에 대한 동의로 나타나는 것에 대한, 또한 실존의 시간과 자리의 수용으로 나타나는 것에 대한, 또한 유한성은 도그마적 사유의 추상적 비시간성에 의지하면서 그것을 망각하려고 시도하는 꿈보다 더 실제적이고 더 진실되다는 사실에 대한 인식으로 나타나는 것에 자발적으로 가담하는 것에서 시작된다. 셰익스피어 작업의 실제 모습, 곧 실천으로 되돌아오면서 나는 다음의 마지막 지적을 하고자 한다. 이 정신의 도약, 이 꺼짐과 체념 속 가능성의 예감은 운율, 이를테면 『햄릿』에서 성찰의 자리이자 위반의 길이었다고 내가 생각하는 단장 오보격 운율이 아니면 도대체 무엇과 닮았겠는가? 운율은 단어들, 단어들의 소리, 음소 안에 수립되는 하나의 형태이다. 따라서 운율이 그렇게, 그리고 우선 만나는 것은 의미의 이편에서 포착되는 소리이다. 이때 운율은 규정하고 단순화할 필요 없이 사물들에 가담하며, 그것은 사물들이 그러한 만큼이나 물질적이고, 분석적 앎이 아직 은폐를 시작하지 않은 전체 한가운데에서 사물들만큼이나 직접적인 현존이다. 그런데 내가 셰익스피어의 공으로 돌리는 공감적 인식의 기획이 수립되는 것은 바로 이 직접성 속에서이다. 운율은 이렇듯 직관에 속하기에, 그것을 지탱하며, 심지어 그것의 위험을 알고 이 위험에 맞서 승리하도록 돕는다.

어째서일까? 단어들의 수용이 있고 나서 금방 운율은 형태의 유혹이라는 함정에 빠지기 때문이다. 이는 햄릿, 오셀로 또는 레온티스만큼이나 개념적 소외의 결과를 겪는 것이다. 그러나 긴 음절과 짧은 음절들 가운데 어쨌거나 하나의 자리가 수립되며, 여기에는 음절들을 자극하고, 흘러가는 시간의 경험, 죽음의 생각, 유한성의 진리를 강요하는 리듬 덕분에 직접적인 것의 기억이 생생하게 남는다. 그것은 사정을 잘 아는 상태에서 비존재와 맞서는 일이고, 단어들을 사용하는 순간들 속에서 비존재와 싸우며 게임을 이기려고 애쓰는 것이다. 요컨대 운율 속에서 꽃은 사전으로부터 소생할 수 있고, 단어는 근원적 인간이 세계로써 만드는 꽃다발을 가리킬 수 있으며, 리듬이 들어올리는 소리들은, 확실히 아직은 비바람 때문에 흐리지만, "어두운 숲selva oscura"에서, 그리고 물질 속에서 갑작스러운 갬으로 나타날 수 있다. 그러므로 리듬에 맞춘 말은 가장 자연스러운 만큼이나 가장 자극적이고 풍요로운 방식으로 셰익스피어를 도왔을 것이다. 서로 충돌하는 생각들 때문에 망설이고 거의 더듬거리는 햄릿의 독백들에서부터, 프로스퍼로보다 훨씬 더 시인인 캘리번이 이따금 하늘이 열리는 듯 보이는 ("기쁨을 주되 해는 끼치지 않는 소음, 소리 그리고 달콤한 공기로 가득 찬") 섬을 상기시키는 대목에 이르기까지 말이다.

운율은 창끝으로서 담론에서, 단순하고 평범하게 개념적인 사고가 사물화할 위험이 있는 사물과 존재들의 재현을 찢는다. 그것은 세계 내 존재의 실제 상태를 우리 앞의 위대한 가능성으로 변환시킨다. 그것은 그렇게 『햄릿』의 마지막 부분에서 "황무지waste land"의 비탄과 맹목의 상황이 제시하는 것으로 생각할 수 있는 허무주의적 교훈을 일소하거니와, 거기에서는 사랑의 외침의 "너무 늦었다"가 끝없이 울려퍼지다가 슬픈 "준비"가 되고 이내 침묵으로 귀결된다. 그런데 도처에서, 그리고 모든 것에서 비존재의 느낌은 근거를 갖는가? 그렇다. 만약 사물에 대해 외부적 양상만을 고려하기로 선택한 (그것은 이제 말없는 단순한 물질이 된다) 시선에 의해 실재가 실존의 차원을 박탈당한다면 말이다. 사물은 이제 더 이상 우리 눈에 전체가 아

햄릿의 망설임과 셰익스피어의 결단

니므로 바야흐로 망가지는 것은 현존과 현존의 관계이고, 이 어둠 속으로 우리의 결속력, 우리의 토대를 놓는 힘(이는 존재 자체이다)이 침몰하거니와, 그것은 모든 염세주의를 허용하는 듯 보이며 모든 절망을 먹여 살린다. 그러나 똑같이 외부적인 재현과 의미의 덩어리 속에서 갑작스러운 불꽃처럼 운율이 형성되어 그것들의 집합체를 해체하는데, 이는 진정한 빛이 아닌 가? 충만한 실재가 재구성되는 현존과 결정되는 결속 안에서 발견된다. 운율은 위대한 촉매이다. 그것은 허무주의의 함정에 빠진 정신을 구출하고 희망의 상황을 재창조한다.

셰익스피어, 그는 연극 무대 위의, 다시 말해 실존의 가장 극적인 상황들을 생생하게 환기하는 신기원의 운율이며, 처음의 내 질문으로 돌아오건대, 이념, 관심, 믿음이 우리 시대와는 매우 다른 세기의 작품이 우리에게 그토록 중요하고 또 심지어 그토록 본질적인 것으로 남아 있는 이유는 다음과 같다. 인간 조건에는 포기의 유혹이 있는데, 이는 그침이 없는 듯 보인다. 그리고 모든 것이 비의미이자 비존재임을 나타내는 표면적 중거들이 끝없이 연속되며 어쨌거나 그 유혹을 먹여 살린다. 하지만 파스칼이 말하는 것처럼, 우리는 그 어떤 회의주의에도 굴하지 않는 진리의 관념을 갖고 있으며, 이러한 본능적인 믿음의 이유를 찾는다. 한데 이 이유가 셰익스피어에게서 나타나고 있으니, 그것은 주의 깊고 대담한 운율법으로서, 사물에 대한 지각으로부터 가장 가까운 곳에서 단어를 취하고, 관계들을 바로잡으며, 이로부터 희망을 이끌어낸다. 바로 이 점에서 우리는 셰익스피어의 작품에 매혹된다.

이 비극과 희극들을 원어로 읽어야만 매혹을 느낄 수 있는 것은 아니다. 물론 원어는 운율을 들을 수 있는 유일한 자리이다. 왜냐하면 셰익스피어는 또한 (우선이 아니라면) 소리까지도 고려해서 작업하는데, 이 소리는 번역이 불가능하기 때문이다. 셰익스피어의 시를 직접 듣지 않을 경우 많은 것을 놓치게 되는 것은 확실하다. 하지만 그 작업은 저자가 사회 속에서, 그리고 사람들의 자기와의 관계 속에서 상황들을 고려하기 시작하는 읽기의 상류上流에서 이루어지며, 그 읽기를 수정하고 심화한다. 그것은 따라서 자기를 넘어 작품의 모든 지점에 영향을 미친다. 하나의 흘러내림인 그것은 번역으로 이어지며, 단어들을 새로이 취하는 시가 『햄릿』, 『리어 왕』 또는 『겨울 이야기』에 가져다준 특유하고 대체 불가능한 생각의 이해를 수반한다. 번역 텍스트에서도 원시의 자산을 지각하는 것은 가능하다. 큰 강 상류의 소리를 들을 수 있기 때문이다. 프랑스어로도 셰익스피어는 시의 행위와 기여를 상기시킬 수 있으며, 이는 내가 보기에 그가 불러일으키는 관심의 주된 이유이다.

셰익스피어에게 보내는 편지

Lettre à Shakespeare

셰익스피어, 당신에게 이 편지를 씁니다. 어째서일까요? 당신에게 내 편지가 전달되면(그 장소는 당신이 배우들에게 말하고 있는 무대 위나 공사 중인 당신의 극장, 아니면 당신의 관심을 끄는 세상의 사건들에 대해 격렬하게 논쟁 중인 술집쯤이 될 것이라는 사실을 나는 잘 압니다), 당신은 그것을 호주머니에 넣고 잊어버릴 텐데요. 게다가 나는 어째서 당신이 흥미를 느끼지도 못할 질문들을 당신에게 할까요? 아니면 당신이 알도록 할까요? 당신이 그것들에 흥미를 느끼지 못하는 것은, 우리가 당신 작품을 읽으면서 어디에 주의를 집중하게 되는지, 당신이 신경 쓰지 않기 때문은 아닙니다. 그것은 다만, 당신이 그것을 생각하는 방식이 스스로를 의식하는 사유의 층위에 위치하지 않기 때문입니다. 그 생각은 작품들에 대한 매우 혼란스러운 작업 가운데 이루어지는데, 그러한 시간들에는 잠재의식의 직관이나 무의식의 요청이 지성의 단어들이나 신념들에 의해 어쨌거나 그렇게 심하게 억압되지 않습니다.

당신이 보입니다. 당신은 극장 구석에 서 있습니다. 그곳은 춥고 바람이 있다고 해야 할 것 같습니다. 당신은 젊거나 늙은 남자 몇 명에게 이야기하고 있습니다. 한 사람은 햄릿이 될 것이고, 다른 한 사람은 오필리어가 될 것입니다. 당신이[1] 그들에게 설명할 게 있을까요? 아닙니다. 『햄릿』은 바로 이 순간,

여기서, 당신에게 떠오르고, 당신을 급습하는 문장들로 쓰입니다. 그것은, 나로서는 알 수 없는 곳에 있는 당신의 테이블과 무대 사이에서 불과 며칠 만에 거의 즉흥적으로 만들어진 것입니다. 물론 하나의 텍스트이지만, 바로 이 순간 미래에 햄릿을 연기할 사람이, 당신이 말하고자 하는 바를 잘 이해하지 못하는 것을 듣게 될 때처럼, 그것은 날카롭게 그은 수정의 줄들로 가득합니다. 수정들. 당신은 이 왕자, 다시 말해 그 대사들이 아직도 여전히 모호한 이 인물의 윤곽이 의미하는 바를 그보다 더 잘 알지 못합니다. 당신의 단어들에 나타나는 그의 몫은 당신이 상상했거나 투사한 것 아래로부터 옵니다. 그것은 물론, 내가 즐겨 말하는 것처럼, 위대한 사유는 비유적이기 때문입니다. 그것은 우리의 허를 찌르는 상징과, 우리의 몸을 타오르게 하는 느낌들로 이루어져 있습니다. 만약 당신이 『햄릿』을 준비했다면, 인물들과 그들의 관계에 부여할 의미에 대해 숙고했다면, 우리는 오늘날 당신을 읽지 않을 것입니다. 당신은 벤 존슨에 불과했을 것입니다. 아! 눈에 선하군요. 당신은 그렇게,

---

1 여기서부터 본푸아는 셰익스피어를 더 이상 '당신(vous)'이 아니라 '너(tu)'로 부른다. 그러나 프랑스어의 'tu'는 우리의 '너'와 똑같지 않으므로 우리는 계속해서 '당신'으로 옮기기로 한다.

그리고 다행스럽게 직관적입니다. 당신은 조금 있다가 돈이나 모험을 찾아 도시를 뛰어다닐 것처럼 텍스트를 가로질러 달립니다. 당신은 대사, 공포, 호소, 독백을 날림으로 (벤 존슨은 그렇게 말했겠지요) 해치웁니다. 왜냐하면 이미 형성된 생각에 따라잡히지 않으려면 빨리 해야 한다는 것을, 당신은 어렴풋이 (그러나 이것은 당신의 천재성입니다) 느끼기 때문입니다. 나는, 당신이 『햄릿』을 불과 며칠 만에 썼다고 생각합니다. 당신은 내 말을 부인하지 않을 것입니다.

당신에게 의식적인 성찰? 그래요, 그것이 하나 있기는 했습니다. 하지만 그것은 당신이 무대 위 작업과 관련해서 거리를 취할 때였고, 대학에 있는, 궁정에 있는, 당신과 결코 멀지 않은 사람들, 시인임을 자처하고 이따금 실제로 시인인 사람들이 당신을 고압적으로 바라보기 때문이었습니다. 이는 (나는 심지어 그것을 짚어서도 말할 수 있는데) 오늘날의 『햄릿』으로부터 불과 몇 년 전에 일어난 일이고, 『햄릿』은 그 결과라고 나는 생각합니다. 당시 한순간의 숙고는 영국의 역사에서 영감을 얻은 극들에서 이미 쉽게 감지되는 빠른 글쓰기를 당신이 신뢰한 것이 옳았음을 깨닫게 해주었습니다.

이 성찰은 『율리우스 카이사르』를 필두로 시작되는 새로운 시기, 다시 말해 우리가 오늘날에도 여전히 당신을 그토록 좋아하게 만드는 시기 앞에 위치합니다. 우선 그것은 그 무렵의 교양 있는 사람들, 박식한 사람들이 너도나도 써대던 소네트에 대한 회의적이고 아이러니컬한 시선이었습니다. 그것은 미리 결정된, 스스로에게 닫힌 형태들에 의해 조정된 운문에서 태어난 것이 감정과 존재들에 대한 단순화된 이해일 수밖에 없을뿐더러, 겉보기에는 우스꽝스럽지만 실제로는 위험하고 황폐화하는 상투적인 표현일 수밖에 없다는 점을 (스펜서[2]를 읽으며, 그토록 감동적이고 고상한 시드니[3]를 읽으며, 그리고 그들의 뻔뻔스러운 모방자들의 창백한 페이지들을 조급함과 경멸 가운데 훑어보면서) 의식하는 것이었습니다.

영탄조로 이상화하는 그 열네 행의 시에서는 당신이 『리처드 2세 Richard Ⅱ』나 『헨리 5세 Henry V』에서 경험했던, 그러나 사실 당신의 역사극에서 그토록 자주 맞닥뜨렸던 위대한 만남이 확실히 불가능합니다. 이 만남은 욕망과 열정이 넘쳐나고, 그런 점에서 예측이 불가능한 남녀들과의 만남이지만, 이제는 삶의 충만하고 거칠며 종종 불쾌하기까지 한 진정성과 함께 자기 안에서 유사한 존재 방식들을 포착할 기회이기도 합니다. 그

---

2 에드먼드 스펜서(Edmund Spenser, 1552~1599)는 영국의 시인이다.
3 필립 시드니(Philip Sidney, 1554~1586)는 영국의 소설가이자 시인, 수필가이다.

소네트는 진실의 포기입니다! 그것을 쓰는 것은 참으로 쉽습니다. 당신 자신이 그 어떤 다른 누구 못지않게 쉽게, 심지어 더 능숙하게 그것을 산출해낼 수 있음을 얼마든지 보여줄 수 있습니다. 당신이 더 잘할 수 있다면, 그것은 소리 안에서, 단어들의 멋진 소리 안에서 당신만이 들을 수 있는 화음이 울리게 만들 수 있기 때문입니다. 그것을 조화롭고 달콤하게, 웅변적으로 기억이 용이하도록 쓰되 (당신의 전적으로 자발적인 성찰은 바로 이것입니다) 그렇듯 고정된 형식을 잠시 수용하면서 당신은, 그것이 존재들의 현존을 한 단어 한 단어 허상으로 대체한다는 점, 그리고 꿈의 안경을 통해 남자를, 편견의 안경을 통해 여자를, 불의에 대한 다소 시니컬한 찬동의 안경을 통해 사회를 관찰하고자 하는 유혹을 억누를 수 없게 만든다는 점을 확인할 수 있었습니다.

아, 시로 간주되지만 실상은 덧없는 문학에 불과한 것으로부터 달아나기! 그 힘에 대한 쇄신된 신뢰, 그리고 그런 만큼 더 크고, 심지어 (당신은 그것을 예감하기에 이르렀는데) 더 높은 야심과 함께 운동 가운데 있으며, 익숙하지 않음에도 정서로 고무되고 삶의 알려지지 않은 부분과 부단히 대화하는 열린 형태를 무대 위에서 되찾기! 이 생생하고 열띤 말을 좋아하고 실천하는 법을 당신은 역사극의 정치적이거나 전투적인 행위의 불꽃 속에서 배웠습니다. 단장 오보격 운율, 이 세계 내 존재의 호흡은 작시가作詩家들이 갈고 다듬는 단순한 외양의 아름다움보다 낫습니다. 그것은 삶의 본질적인 유한성 속으로, 그리고 진정한 기쁨, 진정한 고통(진정한 사랑)과의 관계에 다름 아닌 자기와의 관계 속으로 들어가기 위한 열쇠이고, 열쇠이어야 합니다. 그럴 때 작품은 있는 그대로의 사회를 비추는 거울이 될 뿐만 아니라 있는 그대로보다 더 나은 삶의 거울, 곧 실존의 가르침이 될 수 있을 것입니다.

윌리엄 셰익스피어, 당신에게[4] 이 편지를 씁니다. 아닙니다. 당신은 이 편지를 읽지 않을 것입니다. 당신은 진리의 말을 가지고 해야 할 일이 너무 많습니다. 그것은 오늘날의 『햄릿』으로부터 이미 두세 해 전에 당신 안에서 스스로 일어나듯 수립되었고, 내일, 그리고 모레, 리어의 비통한 외침과 맥베스의 공포의 외침, 클레오파트라의 숭고한 요구, 퍼디타의 감미로운 말이 될 것입니다. 당신은 내 말을 듣지 못할 것이고, 물론 그것은 유감입니다. 나는 당신에게 하고 싶은 질문이 많기 때문입니다. 그러나 어쨌거나 내가 할 수 있는 것, 그것은 당신에게

---

4 본푸아는 앞서 사용하기 시작했던 친숙한 'tu' 대신에 여기서 다시 'vous'를 사용하기 시작한다.

햄릿의 망설임과 셰익스피어의 결단

쪽지를 건네는 상상을 하는 것입니다. 당신의 작품이 공연되는 저녁, 극장에 들어갈 수 있도록 부탁하기 위해서이지요. 입장은 어떤 감춰진 문을 통해서 이루어져야 합니다. 그런 문이 있다면 말입니다. 다른 시대에 속한 우리들, 어쨌거나 이제 당신의 최고 독자로서 작가, 비평가, 그리고 종종 여성인 우리들은 글로브 극장 문턱에 붐비는, 말은 고압적이고 칼은 거침없는 건장한 사내들과 섞이고 싶지 않기 때문입니다. 이들은 자기들과 비슷하지 않은 사람들에게 자리를 양보하는 것을 좋아하지 않습니다. 몽테뉴, 아리오스토,[5] 마키아벨리Niccolò Machiavelli를 읽는 당신과 그들은 정반대입니다. 당신은 심지어 괴테와 보들레르까지 읽었고, 프로이트에도 시선을 던졌지요. 비록 그가 하는 종류의 성찰이, 만약 내가 당신을 잘 이해한다면, 약간 단순해 보일 수 있지만 말입니다.

바로 그러니까 말인데요! 내가 당신에게 오늘 저녁 극장에 들어갈 수 있도록 도와달라고 부탁한다면, 그것은 다른 시대에 속한 한 청년 곁에 앉기 위해서입니다. 나는 그를 압니다. 그는 샹도스 경으로, 역시 내 관심을 끄는 두 사람과 동행하고 있

---

5 루도비코 아리오스토(Ludovico Ariosto, 1474~1533)는 이탈리아 르네상스 시대의 시인이다.

지요. 그들 중 한 사람은 나와 마찬가지로 런던 사람이 아닐뿐더러 당신의 세기에 속하지도 않습니다. 그의 얼굴에는 불안한 주관성의 주름이 잡혀 있는데, 당신 시대에는 그것이 그토록 강하게 얼굴에 드러나지 않았습니다. 또는 동일한 방식으로 경보되지 않았습니다. 여하튼 우리가 갖고 있는 당신의 초상들은 그 어떤 흔적도 나타내지 않고 있지요. 나머지 한 사람은 분명 당신과 동시대 사람이고, 심지어 당신의 친구 가운데 한 사람일 수 있습니다. 그는 작은 수염 위로, 멋지고 자유분방한 철학이 짓궂게 빛나는 눈을 굴립니다. 한데 두 사람 가운데 첫 번째 사람이 편지 하나를 샹도스에게 건네려고 애쓰는군요. 그런데도 당최 성공하지 못하는 것은, 청년이 확실히 다른 곳에 정신이 팔려 있기 때문입니다. "받으세요" 하고, 그가 청년에게 속삭입니다. "조금 있다가 이것을 프랜시스 베이컨[6]에게 건네주세요. 지금이 때입니다. 왜냐하면 우리는 지금 셰익스피어를 들으려 하고 있으니까요." 하지만 베이컨이 호프만슈탈[7]의 텍스트를 해독할 수 있을까요? 별로 그럴 것 같지는 않

---

6 프랜시스 베이컨(Francis Bacon, 1561~1626)은 영국의 정치가이자 철학자이다.
7 오스트리아 작가 호프만슈탈(Hugo von Hofmannsthal, 1874~1929)은 『샹도스 경의 편지』를 썼다.

햄릿의 망설임과 셰익스피어의 결단

은데, 이 둘 또는 세 사람은 여하튼 오늘 저녁, 우리 모두와 마찬가지로 그림자들에 불과하기 때문입니다.

나는 아직 비어 있는 무대로 눈을 돌립니다. 비어 있다고요? 나는 차라리 텅 비어 있다고, 정신의 모든 바람들에 제한 없이 제공되어 있다고 말하겠습니다. 왜냐하면 무대에는 물건이 별로 없기 때문입니다. 빈 의자가 하나 있어서 필요할 때 왕좌 구실을 할 것입니다. 대포가 한 문 있기는 하지만 너무 주목하지는 말아야 할 것이, 내일 다른 작품에서 사용될 것이기 때문입니다. 배우들의 말을 지탱하기 위한 무대장치도, 가시적 세계의 양상들을 동원하는 것도 없습니다. 그러나 마룻바닥에 뚜껑문이 있으니, 그것은 비가시적 세계, 달리 말해 무의식과 소통하기 위한 것입니다.

스스로 이외에 아무것도 없는 이 무대, 요컨대 형이상학적인 이 자리는 언어에 연결된 희망에 규모가 맞추어져 있습니다. 그것은 시인들에 의해 탐색되며, 그들의 글자 그대로의 작업을 언제나 훨씬 넘어서는 것에 전적으로 제공됩니다. 그것은, 세계에 대한 그들의 지각에 자리 잡는 표현할 수 없는 것, 또는 그들의 스스로와의 관계에 존재하는 감춰진 것을 엿보게 해줍니다. 표현할 수 없는 이 두 가지의 연결과 상호적 소진은 『겨울 이야기』의 몇몇 순간의 환한 빛에서 볼 수 있듯이, 이따금 당신의 연극에서 일어나는 시의 사건입니다. 셰익스피어, 글로브에서, 그 헐벗은 무대 위에서, 햄릿으로 하여금 자기 안으로 나아가며 자신의 커다란 문제들과 만나게 해줄 무대 전면의 기회와 함께, 셰익스피어, 당신은 당신 자신의 깊은 곳에서 그 문제, 그 고뇌와 함께 홀로 있습니다. 거기에는 빅토리아풍의 조그만 원탁을 햄릿 곁에 밀어줄 사람이라고는 없습니다. 마치 위대한 말이 스스로 "불쌍한 요리크"의 해골을 어디에 놓아야 할지 찾아야만 할 것처럼 말입니다.

나는 연출이라는 놀라운 발명(언제? 어디서?)에 대해 생각합니다. 생성 중인 삶과 다르지 않은 텍스트 깊은 곳의 기의들, 다시 말해 작품에 대한 그 어떤 독서라도 완전히 이해할 수 없는 예감, 공포, 열망, 바람이 배우들의 목소리에 침투하는 이 자리, 이 순간에 추가되는 다짜고짜 도식적인 기표들(무대 왼편에 나무의 프로필, 무대 오른편에 조그만 원탁)에 대해 생각합니다. 그러나 연출가는 이해해야 할 의무, 현존을 되찾기에 앞서 이따금 의미를 거쳐야 할 의무가 있습니다. 한데, 실제로 일어나는 일이지만, 그가 위대하다면, 그 우회는 시에 하나의 위험, 곧 스스로의 무의식을 향한 뜨거운 요청을 통해 그가 대면해야만 하는 하나의 위험이라는 사실을 본능적으로 알 수 있을 것입니다. 따라서 이제 생각하게 되는 것이지만, 연출이 계몽주의 시대 말기에, 다시 말해 무대 위의 걸상이나 작은 의자에서 관객을 쫓아내는 동시에, 수많은 편견과 생각을 명령하는 위치로부터 몰아내던 무렵에 나타났다는 사실은 자연스러울 뿐이라고 말할 수 있습니다. 이 당시 주관성은 우리가 낭만주의자들이라고 이름 붙인 젊은이들의 고딕소설과 시에서 의식되기 시작했습니다.

이제, 엘리자베스나 제임스 시대의 당신 무대에는 존재하지 않았던 문제들이 얼마나 많이 제기되는지요! 자, 오늘, 이 가을날 오후가 끝나가고 있습니다. 내게는 가을처럼 보입니다만, 어쨌거나 바깥의 빛은 벌써 안개가 낀 듯 흐릿하고 하늘은 낮습니다. 실내에 남아 있는 것은 별로 없습니다. 무대 위로 가져올 횃불이나 화승총의 짧은 불꽃은 붉은색에 담긴 모든 강렬함과 함께, 그리고 그것의 모든 비극성과 함께, 또한 비극성의 사유에 대한 그것의 모든 호소와 함께 배경 위로 부각될 수 있을 것입니다. 이런 무대는 『율리우스 카이사르』를 공연하기에 완벽했습니다. 이 작품에는 결정적인 순간에, 곧 브루투스가 자기의 무의식 위로 몸을 기울이며 뚜껑문을 들어올리는 일을 마침내 받아들일 때, 횃불이 등장하지요. 그뿐만 아니라 지금 『햄릿』을 공연하는 데도, 이를테면 밤에 성벽 위를 오가며, 도착하는 사람들의 얼굴에 불을 비출 때도, 또는 가슴이 우울로

가득 찬 왕이 "불, 불, 불lights, lights, lights"[8] 하며 횃불을 요구할 때
도 부족함은 없습니다. 이러한 반응 뒤 매혹된 증인은 "지금은
바로 마술이 판치는 밤의 시간이다Tis now the very witching time of night"
라고 외치며, 조명 효과를 통해 그것을 의미해야만 합니다.

어둠, 가장 깊은 어둠은, 셰익스피어, 그것의 모든 의미와 함
께 당신의 무대 위에서 의미작용이 가능합니다. 그리고 바로
이런 사실에 근거해, 대조, 다시 튀어오르는 정신, 그리고 자기
표현으로부터 마침내 풀려난 희망을 통해 의미작용이 가능해
진 것, 그것은 가장 순수한 낮입니다. 아니면 재회의 순간과 끝
난 시련, 다시 획득된 진리의 빛, 달리 말해 이제 구원받은 퍼
디타입니다. 벗이여, 빛에 대한 당신의 가장 내밀한 경험, 당신
이 우리에게 물려준 자산인 당신 연극의 비밀스러운 바람과 그
결말, 이 모든 것은 단어들 속에 그 자리를 갖고 있으며, 이 무
대 위에서 보존이 가능하거니와, 여기에서는 당신 영어의 보편
적인 어휘들이 그 어떤 특수한 기표로도 대체되지 않습니다.
이 특권은 심지어 당신 시대의 화가들조차 갖지 못했다는 사실
을 지적하도록 하지요. 아마도 그들은 시선으로, 가슴으로, 더
진실된 빛이 일상 가운데 현현하는 것을 예감했을 것입니다.

---

8 이 말을 하는 사람은 클로디어스가 아니라 폴로니어스이다.

사람들은 단어를 갖지 못한 그들이 환기하는 상황들을 사물을
통해 설명해주길 기대했습니다. 하지만 유감스럽게도 사물은
주의를 억제할 위험이 있었습니다.

삶의 가능성들에 대한 직관을 그들은 어쨌거나 의미했습니
다. 여하튼 가장 위대한 화가들은 그러했습니다. 당신의 동시
대인 중에 카라바조[9]는 벌써, 당신과 가까운 저 놀라운 고야[10]
만큼이나 밤, 강렬한 밤을 의미하기에 이르렀으며, 어둠 깊은
곳의 희망, 그것은 바로 횃불에 의해, 그리고 명료함 속에 드러
나는 갑작스러운 얼굴에 의해 표현되었습니다. 베로네제나[11]
아니면 〈안드로스인들의 바쿠스제〉를 그린 티치아노[12]의 경
우, 우리가 어둠 깊은 곳에서 꿈꾸는 융화, 행복, 평온의 반박
할 수 없고 저항할 수 없는 빛에 거의 합류합니다. 이는 그들
이, 고야가 귀머거리의 집에서 많은 시간 좇아갔던 명암법 화
가들의 비극적인 명암의 길이 아니라 명백히 위험하고 험난한

---

9 미켈란젤로 카라바조(Michelangelo Merisi da Caravaggio, 1571~1610)는 이탈리아 르
  네상스 시대의 화가이다.
10 프란시스코 고야(Francisco Goya, 1746~1828)는 스페인의 화가 겸 판화가이다.
11 파올로 베로네제(Paolo Veronese, 1528~1588)는 르네상스 시대 베네치아 학파
  의 화가이다.
12 베첼리오 티치아노(Vecellio Tiziano, 1490~1576)는 '빛의 제왕'으로 불린 르네
  상스 시대 베네치아 학파의 화가이다.

신뢰의 길을 통해 그 빛을 향했던 덕분입니다.

카라바조, 베로네제는 당신과 동시대의 사람들입니다, 셰익스피어. 카라바조는 이 순간에도 그림을 그리고 있습니다. 로마에서 말이지요. 그는 종교에 귀의했습니다. 그의 〈성 마태의 소명〉에서는 빛이 바깥에서 옵니다. 오른쪽 위에서 오지요. 하지만 다른 작품들이 지그재그로 이어지고, 당신이 『겨울 이야기』를 쓸 무렵, 그는 거친 해변에서 아마도 절망에 빠진 채 죽을 것입니다. 『겨울 이야기』는 진정한 부활에 대한 당신의 생각이고, 당신의 승리이지요. 나는 당신과 카라바조 사이에서 본질적인 관계를 봅니다. 그러나 그의 제자 가운데 한 사람과 한층 더 본질적인 관계를 보게 되는데, 그는 아담 엘스하이머[13]로 이상한 일이지만, 그 또한 1610년에 죽습니다. 내가 보기에 엘스하이머는 카라바조보다 더 깊이 존재의 어둠 속으로 파고들었습니다. 이것은 그가 매몰된 빛을 정신 속에 갖고 있었기 때문인데, 당신은 유사流砂처럼 흐르는 언어로부터 그것을 구해낼 수 있을 것입니다. 나는 그의 〈유디트〉[14]를 바라봅니다. 그는 이 그림을 내년이나 내후년에 그리겠지요. 그런데

---

13 아담 엘스하이머(Adam Elsheimer, 1578~1610)는 독일의 화가이다.
14 구약에 나오는 인물로 아시리아의 장군을 죽이고 이스라엘을 구한 과부이다.

이 그림은 당신의 루크레티아입니다! 거기에는 똑같은 살해의 생각이 있지만(오늘, 그리고 내일, 그녀가 아무리 조롱당한다고 해도), 삶에 대한 동일한 믿음 역시 확인됩니다. 셰익스피어, 극작가인 당신과 이 화가, 당신들은, 갈릴레이가 우리에게 하늘을 되돌려주는 그때, 역사 속 당신들의 순간은 이 직관을 향해, 다시 말해 시 자체를 향해 열릴 것이라는 사실을 예감합니다. 당신의 의식적 사유는 인식하지 못하지만, 엄격하고 대담한 이 신념과 함께 당신은 잠시 후 엘시노어의 높은 성벽을 떠나 가장 강렬한 어둠 속으로 내려갈 것입니다. 거기서 세계를 다시 세우기 위해서 말이지요.

나는 관객들이 자리를 잡는, 그러나 형이상학적으로 비어 있는, 아니면 시에서 인간의 목소리가, 다시 말해 그토록 불안하고, 그토록 깊은 상처를 갖고 있으며, 그토록 의심에 시달리는 인간의 목소리가 모험을 감행하는 흰 종이처럼 비어 있는 무대를 바라봅니다. 내 꿈이 지체하는, 알지 못할 도시 어느 곳의 이 마지막 창백한 햇빛. 하지만 분간되지 않는 누군가가, 마찬가지로 눈에 잘 띄지 않는 다른 사람 앞에서 "거기 누구냐?" 하고 외치기에 충분할 정도의 어렴풋한 어둠이 벌써 자리 잡고 있습니다. 이제 연극이 시작되고, 죽은 왕이 애매한 요구를 하며 함께 나타날 것입니다. 옛 세계가 잠시 자기를 확인시키지만 금세 해체되어버리고, 연극 속 연극의 간이무대 위에서는 다시 한 번 그림자 중의 그림자들이 언어의 상투적인 자리(소네트에 대한 최후의 시선이 아니겠습니까?)로 그토록 낮게 내려가고, 이제 그들은 말 속의 말의 문제만을 우리에게 제기할 수 있을 것입니다……. 그리고 횃불들, 그것들은 정말로 등장할까요? 아닙니다. 왜냐하면 햄릿은 하늘에 구름이 지나가면서 족제비, 고래 등 단어들이 바라는 형태를 취하는 것을 보기 때문입니다. "마술이 판치는 밤 시간? 심연은 언어의 토대임을 우리는 이해하는 것일까요? 당신의 헐벗은 무대는, 셰익스피어, 당신의 커다란 기회였다고 나는 생각합니다. 그만한 자격이 있는 당신이 말의 가장 크고 또 유일하게 진정한 가능성을 보존하게 해주었지요. 당신은 희극에서 비극으로, 비너스에서 레이디 맥베스로, 행복한 육체에서 최악의 고통의 환기로 이행하는 절충주의자였던가요? 아닙니다. 당신은 당신의 손을 언어 속에 집어넣고 행복과 비탄, 놀람과 확신, 선과 악, 비의미와 고집 부리는 희망을 휘저었습니다.

그런데 그 손이 어떻게 했기에 이 진흙, 이 색채들, 이 추위, 이 막 시작되는 신비로운 열기가 움직임을 시작했을까요? 나는 이것을 당신에게 묻고 싶고, 이는 내 독서의 이유였습니다. 아니면 차라리 내가 생각하는 바를 당신에게 말하고 싶습니다.

햄릿의 망설임과 셰익스피어의 결단

당신이 무엇을 했는지 당신에게 설명하고 싶습니다. 왜냐하면 그에 대해 내 나름의 생각을 갖고 있기 때문입니다. 당신은 아마도 동의할 것입니다……. 그러나 지금은 때가 아님을 나는 잘 압니다. 관객들이 벌써 무대 위 우리 가까운 곳에 앉았습니다. 샹도스가, 마치 나처럼 다른 시대에 속한 누군가가 그에게 쓰게 한 편지를 무심히 주머니에 쑤셔 넣는 게 (사실 그는 당신을 바라보고 있습니다) 보입니다. 어둠이 내 종이 위로, 내 단어들 안으로 퍼집니다. 누군가 (당신입니까?) 외쳤습니다. "거기 누구냐?" 공연이 막 시작되었습니다.

셰익스피어의 목소리:

스테파니 로슬레와의 대담

La voix de Shakespeare

스테파니 로슬레(이하 로슬레)[1] 이브 본푸아 선생님, 『햄릿』 번역을 다섯 차례 내셨지요. 아니 좀 더 정확히 말하면 『햄릿』 번역을 다섯 차례나 수정하셨습니다. 2006년에는 제게, 오로지 재판이나 비평이 추가된 새로운 판본을 위해 1957년의 첫 번째 번역을 손보았다고 말하셨습니다. 하지만 수정의 양과 성질을 알게 된 저는 그것이 유일한 이유였다고 생각하기 어렵습니다. 오늘 선생님께서는 연이은 번역들을 달리 해석하시는지요?

이브 본푸아(이하 본푸아) 저는 한 번 책의 형태로 나온 시는 절대로 건드리지 않습니다. 왜냐하면 그 시는 제 삶의 한 순간에 기입되고, 이 삶의 순간은 그 사실로 인해 그렇게, 지속적인 생성 가운데 있고 또 그것이 한 국면을 이루는 글쓰기의 한 부분이 되기 때문입니다. 저 스스로 그것에 손대는 것을 금지하는 이유는 그것이 과거를 변질시키기 때문인데, 이 과거 고유의 성질은 계속되는 글쓰기의 수많은 양상을 조건 지은 바로 그것입니다. 저는 이런 종류의 수정을 제 시들에서 딱 한 번 한 적이 있습니다만, 바로 후회했지요. 『두브의 움직임과 부동성에 대해Du mouvement et de l'immobilité de Douve』에서 마지막 시집까지, 다양

---

1 스테파니 로슬레는 작가, 번역가, 번역학자로서 2016년에 『이브 본푸아와 햄릿: 재번역의 역사』를 썼다.

한 시기에 나온 제 시집들이 재판되거나 더 방대한 책으로 재분류되면서 이따금 책상에 올라오는 때가 있지만, 그때마다 저는 아무것도 바꾸지 않습니다.

반면, 시적 창조가 아닌 작업의 경우에 제가 출간한 것은 성찰이나 문제 해결의 시도인 만큼 필연적으로 불완전하고, 십중팔구 보완이 가능합니다. 기회가 닿는다면 개선할 수 있다고 생각합니다. 실제로 에세이들의 재판을 출간할 때마다 그렇게 하는 것을 잊지 않았고요. 심지어 여기저기 흩어져 있던 것들을 단행본으로 엮을 때는 수정은 물론 이따금 여러 페이지를 완전히 다시 쓰기도 했습니다.

번역의 경우도 그러했습니다. 만약 한 번역의 재판을 찍는다고 하면 그 기회를 이용해 번역을 다시 읽고 비평적으로 검토하며 개선하려고 시도했지요. 이 작업을 저는 『햄릿』에 대해서뿐만 아니라 제 모든 번역에 수행했지요. 세어보지는 않았지만 당신 말대로 『햄릿』 번역이 다섯이라고 한다면, 그것은 작품의 번역에 대한 다섯 차례의 새로운 편집이 있었기 때문인데, 이따금 무대 위 공연에 관련된 경우도 있었습니다. 파트리스 셰로[2]가 자신의 공연을 위해 제 번역을 채택했을 때가

---

2 파트리스 셰로(Patrice Chéreau, 1944~2013)는 프랑스의 연극·오페라 연출가이

한 예이지요. 저는 정말로 그것이 근거를 갖고 있길 바라는데, 만약 다섯 번역이 서로 다른 다섯 판본 같은 느낌을 당신에게 주었다면, 그것은 『햄릿』의 텍스트가 대단히 복합적이기 때문입니다. 어느 정도인고 하니, 매번 한 걸음 물러서서 볼 때마다 그때까지 저를 벗어났거나 제가 소홀히 하거나 검열했던, 그것도 이제는 부당해 보이는 방식으로 그렇게 했던 의미의 뉘앙스들이 나타나는 것을 보게 되는 구절이 무수히 많을 정도입니다.

『햄릿』 같은 텍스트는 제 이해 능력을 넘어섭니다. 제 첫 번째 직관이 요구했던 만큼 그것에 다가가기 위해서는 제 평생과 거듭된 경험이 필요했습니다. 이러한 노력은 물론 제게 작품을 보여주었지만, 그것이 여전히 많은 불확실한 윤곽들로 감싸여 있기는 마찬가지입니다. 바로 이런 사실 때문에 저는 심지어 오늘도 새로운 독서를 할 수 있도록 재판의 기회를 가지고 싶습니다. 삶이 이미 지나가버린 만큼 작품과의 관계에서 더 이상 앞으로 나아갈 수 없다는 사실을 확인하게 되더라도 말이지요. 저는 결국 작품에 대한 제 일정한 생각에 의해 설복되었는지도 모르겠습니다.

사실 저는 제가 이른 곳이 거기가 아니길 바랍니다! 늘 제

자 영화감독, 시나리오 작가, 배우이다.

책상 위에 있는 『햄릿』 앞에서 저는 제 안의 생각들을 휘젓습니다. 의심의 여지없이 그것들은 제 번역의 이러저러한 양상들을 수정하게 할 것입니다. 제 번역이 헛되고 쓸모없다는 점, 또 햄릿을 그의 어머니나 오필리어 또는 이러저러한 다른 인물들과 연결하는 수많은 상황들에 연유한 무한無限이 도처에서 그것을 넘쳐나고 있다는 점을 인정하도록 그 생각들이 저를 설복하지 않는다면 말입니다. 그러한 새로운 생각들은 최근에 제가 ≪현재 시각L'Heure présente≫에 게재한 연출에 대한 글, 곧 「산위의 햄릿」에서 발견할 수 있습니다. 이 산문은 나름대로 약간, 이번에 제가 내놓는 새로운 번역의 버전이라고 할 수 있습니다. 물론 번역 텍스트에 가한 수정은 아니지요. 번역 텍스트는 변하지 않은 채 그대로 있을 것입니다. 하지만 지금까지 그것이 자리 잡고 있던 차원과의 단절, 아마도 시작하는 단절이라고 말할 수 있을 것입니다.

로슬레 가장 완강하게 저항한, 가장 많은 질문을 제기한 셰익스피어 텍스트의 구절은 어떤 것이고, 그 이유는 무엇입니까?

본푸아 제가 텍스트의 저항에 대해 말할 수 있을까요? 제가 무엇인가를 느꼈다고 하더라도, 그것은 구체적으로 말할 수 있는 게 아닙니다. 그래요, 방금 전에 말한 것처럼, 제 번역 텍스트와의 관계에서 영어 텍스트의 풍부함, 여러 모호함을 지닌 영어 텍스트의 풍부함이 갖는 초월성이 있습니다. 제 텍스트는 우리가 쓰는 시의 경우처럼 자유로운 글쓰기가 아닌지라 너무나도 자주, 찾아냈다고 믿는 의미를 잘 표현하려고 애쓰는 담론으로 귀결되는 것을 보게 됩니다. 셰익스피어의 원문은 프랑스어 번역을 모든 면에서 넘쳐흐릅니다. 하지만 그렇다고 해서 그것이 제게 저항하는 것이라고, 다시 말해 제가 결코 말하지 못할 것으로 인정해야 한다고 느끼는 것은 아닙니다. 사실 그것은 스스로를 제공하고, 저를 맞아들이며, 자기의 이런저런 길을 따라가게 해줍니다. 유일한 문제는, 제가 모두 따라가기에는 그 길들이 너무 많다는 점입니다. 『햄릿』은 여러 비탈길을 자유롭게 편력할 수 있는 거대한 산과 같습니다. 물론 특정 의미와 접촉하는 과정에서 이따금 장애물들을 만나기도 합니다. 그것은 초고에서 확인되는데, 이때 초고는 덤불이 됩니다. 거기서 길은 잠시 사라졌다가 다시 나오지요. 그러나 이에 대한 기억은 오래가지 않습니다.

저항하는 것은 텍스트가 아니라 단어들, 다시 말해 그가 사용하는 영어 단어들, 그것도 특정 상황이 아니라 고유어의 과거와 현재의 깊이 속에 뿌리 내린 영어 단어들입니다. 예컨대 'mind'를 어떻게 옮겨야 할까요? 이 단어는 『햄릿』의 이 장면, 저 장면에서 맥락에 따라 정신이나 이성을, 그리고 두 개념 사이의 관계를 의미할 수 있는 데 비해, 그 어떤 프랑스어 단어도 동일하게 직접적인 방식으로 그러한 관계를 의미하지는 못합니다. 프랑스어에 상응하는 단어가 없는 영어 단어들을 열거하자면 끝이 없을 것입니다. 물론 그 반대의 경우도 마찬가지입니다. 하지만 보세요! 문학 작품의 텍스트는 정확히 말하자면 매 경우에, 큰 다의적 단어들 속에서 일어나는 것을 이해하게 해주는 것입니다. 따라서 그 같은 상황들을 관찰하는 번역은 프랑스어-영어 사전의 도움을 받기보다 그것을 풍부하게 만드는 일일 수밖에 없습니다.

단어들이 저항하는 또 다른 방식은 상황과 정서를 상기하는, 직접적 삶의 함의들입니다. 우리 언어나 문화는 엉뚱한 효과를 낳지 않고 그것들을 『햄릿』이 우리에게 말하는 것과 결부시킬 수 없습니다. 저는 다른 곳에서 작품의 두 번째 장면에 나오는 단어 'jelly'와의 싸움에 대해 말한 적이 있어서 다시 재론하지 않겠습니다. 다만 어려움이 나타나는 것은 비극적 순간들에 국한된다는 사실을 덧붙이고자 합니다. 거기의 경험들은 강도는 높아지지만, 일상적 실존의 많은 양상들을 뒤에 남기는 방식으로, 헐벗는 존재의 깊이 속으로 내려갑니다. 셰익스피어 연극의 희극적 장면들(많지요. 이런 점에서 『햄릿』은 주목할 만한 예외입니다)에서는 어려움을 겪은 적이 없습니다. 심지어 저는 그 순간들을 언제나 커다란 기쁨과 함께 맞이하는데, 그것들은 시적 번역 작업에서는 긴장 이완의 순간일 뿐, 그렇다고 해서 숙고 가능한 진실이 결여되어 있는 것은 아니기 때문입니다. 『로미오와 줄리엣』에 나오는 하인들의 말장난을 생각해보시기 바랍니다.

로슬레　번역을 해오면서 가장 크게 공을 들이신 번역의 양상은 무엇인지요? 몇몇 비평가들이 말하는 것처럼 리듬인가요? 만약 그렇다면 어째서 텍스트의 음악에 그토록 신경을 쓰는지 그 동기를 이야기해주실 수 있을까요?

본푸아　새롭게 간행할 때의 작업을 말씀하시는 건가요? 그런 경우에 작업이 이루어지는 건 특히 의미의 부분입니다. 영어 텍스트에 대한 새로운 비평판과 최근에 나온 이런저런 논문의 독서까지 감안해야 하기 때문입니다. 이러한 기회들이 생겨나 변경할 부분이 특히 많았던 작품이 바로 『햄릿』입니다. 대부분의 다른 번역들은 갈리마르 출판사의 포켓판으로 나왔고, 아무것도 바꿀 가능성 없이 재판을 찍곤 했습니다.

　그래도 리듬이 제 관심의 중심에, 그것도 완전히 근본적인 방식으로 자리 잡았던 새로운 판본의 경우가 있습니다. 그것은 셰익스피어의 스물네 소네트의 첫 번째 간행본에서, 갈리마르 출판사에서 이루어진 전체 소네트의 번역으로 이행할 때였습니다.

   첫 시도 (1995년 티에리 부샤르 출판사의 책이었고, 에노디 출판
사와의 또 다른 부분적인 번역, 곧 웅가레티 Giuseppe Ungaretti 가 예전에
번역했던 마흔 개 소네트에 대한 작업으로 이어졌습니다) 이후에,
저는 번역 작업에서 꼭 필요하고 정당해 보이던 요소(사실은 아
직도 그렇게 여겨집니다), 곧 의미와 형태의 일치에 더욱 부합한
다고 여겨질 경우, 소네트의 열네 행을 열다섯, 열여섯 또는 열
일곱 행으로 옮기는 것이 잘못된 선택이었음을 깨달았습니다.
사실 형태, 리듬이 단어들을 이끌지 않으면 살아 있는 번역은
불가능합니다. 하지만 번역하는 텍스트의 운율 구조를 모방해
살아 있음을 얻어낼 수는 없는 노릇입니다. 그런데 형태가 글
쓰기의 가장 내밀한 도약이 아닐 때, 그것은 곧바로, 그리고 완
전히, 죽은 것, 즉 시의 억눌림이 되고 맙니다. 따라서 번역자
는 자기 고유의 리듬을 따르고, 번역하고자 하는 작품의 언어
가 지닌 음성적 질료와는 돌이킬 수 없이 다른 자기 언어의 음
성적 질료로 자기 고유의 음악을 창조할 권리를 유지해야만 합
니다.

   여기서부터 만약 제 글쓰기의 움직임이 제 안에서 원하는
게 그것이라면, 저는 소네트의 열네 행을 극복할 수 있겠다는
느낌이 왔습니다. 하지만 셰익스피어의 소네트에 대한 제 첫

번째 번역이 간행되고 난 뒤, 저는 문제가 그리 간단하지만은 않다는 사실을 깨달았습니다. 리듬은 물론 자유로워야 하고, 이는 프랑스에 자유시가 존재한다는 사실을 정당화하며, 그것이 지닌 커다란 표현력을 설명해줍니다. 그러나 시적 글쓰기에서 리듬만이 표현을 실어 나르는 것은 아닙니다. 시인은 종종 표현을 제약하는 고정된 형태를 받아들이는데, 저는 이 형태들이 제약으로 작용하면서 시적 창조의 기능을 갖는다는 점을 깨달았습니다. 그것들은 시인이 작업하면서, 그때까지 포착하지 못했던 의미의 층위를 인식하도록 할 수 있기 때문입니다. 예컨대 한 단어를 거부하지 않을 수 없게 하면서 다른 단어를 선택하게 하는데, 이 단어 속에 진실의 한 부분이 감춰져 있는 것입니다. 그것들은 검열을 해체합니다. 고정된 형태는 이렇게 시인이 시구의 "속을 파고드는 것을"을 돕거니와, 저는 그것을 최근의 책에서 "무릅쓰고 수정하기"라고 부른 바 있습니다.

제약은 시구의 속을 파고들고, 이때 리듬, 곧 시구와 절의 리듬도 영향을 받습니다. 자기에 대한 증대된 앎은 시인으로 하여금 스스로의 세계 내 존재를 더욱 강렬하게 살도록 해주는데, 이 존재는 자주 억제되어 있는 하나의 리듬이기 때문입니다. 따라서 소네트들을 다시 번역하는 것은 리듬과의 관계를 심화하는 것이었고, 『스물네 소네트 XXIV sonnets』의 번역에서 전체 소네트의 번역에 이르는 과정에는, 연극 번역에서와 달리 리듬의 차원에서 많은 변화가 있었습니다. 사실 셰익스피어의 희곡들에는 고정된 형태의 효과가 매우 미미하게 나타납니다. 단장 오보격 운율은 놀라운 유연성을 갖고 있어서 시인의 창조와 일체를 이루기 때문입니다.

그러나 당신의 질문은 아마도 한 판본에서 새로운 판본으로 넘어갈 때보다 한 초고에서 다른 초고로 넘어가면서 가장 만족스러운 표현을 찾을 때 "진행 중인" 번역 작업의 내부에서 일어나고 있는 것에 대한 질문이었지요. 그 점에 관해 저는 주저 없이 그렇다고, 다시 말해 리듬은 그 작업에서 가장 중요한 요소이며, 시구를 구성하는 단어들의 호흡에 저는 모든 의미의 표현을 종속시킨다고 대답하겠습니다. 시구가 살아 있어야 한다는 점은 자명하고도 중대한 사실입니다. 이 살아 있음은 필수적인 것인데, 왜냐하면 리듬의 길을 통한 번역자의 자기 자신과의 일치 속에서만, 그리고 그것을 통해서만 의미의 지평이 트이고, 가장 중요한 의미 작용이 발견되기 때문입니다. 우리는 우리 안의 실존인 이 리듬을 통해서만, 햄릿이 제기하는 스스로에 대한 질문들 아래로, 다시 말해 그를 혼란에 빠뜨리며, 그만큼이나 우리를 길 잃게 만드는 질문들 아래로, 자신의 실

햄릿의 망설임과 셰익스피어의 결단

존 가운데 있는 햄릿을 따라잡을 수 있습니다.

로슐레 햄릿이라는 인물에 대해 특별한 관심을 가지고 계신 것처럼 보이는데요. 오늘날 이 인물의 어떠한 측면에 주목하시는지요?

본푸아 햄릿이라는 인물의 모든 것이 본질적입니다. 그가 자신과 맺는 관계가 인간조건 전부를 문제 삼고 있기 때문이지요. 그의 세계 내 존재가 보여주는 양상과 다양한 순간의 자기의식이 어찌나 서로 복잡하게 얽혀 있는지, 하나를 주목하면 다른 것들까지 주목하지 않을 수 없을 정도입니다.

그러나 그에게서 저를 항상 놀라게 하는 것이 있다면, 그것은 그가 이 자기 체험을 수행하는 방식입니다. 이 체험은 그가 이해하고 표현하는 지식이 아닙니다. 그것은, 그가 말하는 바로 그 순간에 수행하는 발견입니다. 바로 여기서부터 망설임, 되풀이가 오고, 이것들은, 셰익스피어 역시, 햄릿이 누구인지, 그리고 글을 쓰는 순간에 그를 통해 자신이 무엇을 찾는지 발견하고 있다는 느낌을 줍니다. 작품의 현대성을 이루는 이 실존적 더듬거림이 바로 가장 강하게 제 주의를 끈 것입니다. 셰익스피어 연극의 다른 위대한 인물들에게는 그 같은 점이 없습니다. 셰익스피어는 햄릿 안으로 전진하면서 무의식적 구술 아주 가까운 자리에 머물 때만 생겨나는 빠른 직관으로 탐색하고 발견합니다. 저는 그가 작품의 핵심적인 부분을 이틀, 사흘 만에, 다시 말해 단숨에 또는 거의 단숨에 썼다고 확신합니다.

로슬레 3막 4장에서 아들의 행동에 놀란 왕비는 말합니다. "Nothing at all, yet all that is i see." 당신은 이것을 우선 "아무것도. 하지만 여기 있는 것은 다 보인다"(1957~1959)로[3] 옮기고, 이어서 "아무것도. 하지만 있는 것은 다 보인다"(1962)로,[4] 마지막 버전에서는 "아무것도. 하지만 볼 수 있는 것은 다 보인다"(1988)로[5] 옮기셨는데요. 이러한 변화들을 통해서 독자들이 햄릿의 광기를 다르게 파악하도록 권유하고 계신 건가요? 어떤 뉘앙스를 도입하길 원하시는지요?

본푸아 이것은 보존하기 어려운 모호함을 보여주는 텍스트가 그에 대한 번역을 넘쳐나는 수많은 경우 가운데 하나입니다. 제 첫 번째 번역은 잘못되었습니다. "여기"가 방의 가시적 사물들에 시선을 국한하기 때문입니다. 두 번째 번역에서 저는 왕비의 시선을 존재하는 모든 것("있는 것은 다")으로 확장하면서 "all that is"의 모호함을 보존하려 했습니다. 단순한 시각적

---

3 Rien. Et pourtant je vois tout ce qui est ici.

4 Rien. Et pourtant je vois tout ce qui est.

5 Rien. Et pourtant je vois tout ce qu'on peut voir.

포착으로부터, 정신과 눈 모두를 통한 현실의 파악으로 이행하는 동시에, 물질적이지 않은 것들, 예컨대 혹시 등장할지도 모를 유령을 암시하고자 했지요. 하지만 나중에 저는 왕비의 이 말이 새로운 번역에서 거의 이론적인 선언, 일반적 성격의 철학적 언술이 되고 있다는 것, 그러나 그 위기의 순간에, 그리고 거트루드의 경우 놀람과 공포의 순간에 그 말은 자리가 없다는 생각을 했습니다. 바로 여기서부터 세 번째 번역, 다시 말해 더 큰 불안을 담은 단어들이 옵니다. 로슬레 씨는 한 차례 번역으로는 결코 만족할 수 없음을 보여주는 망설임의 좋은 예를 찾아내셨습니다. 여기서 불만족은, 단순한 독서의 상황에서와 달리 작품의 의미에 대해 성찰할 계기를 제공합니다. 단순한 독서를 하는 상황에서는 단어의 표면을 너무 빨리 미끄러져 지나가지요.

로슬레 이들 텍스트 각각이 산출된 맥락에 대해 말씀해주실 수 있으신지요? 이를테면 당신에게 영향을 끼친 저자들, 각각의 번역 당시 읽고 계시던 작가와 철학자들, 그리고 왜 아니겠습니까? 전시회나 순간의 기분, 삶의 대목에 대해서 말입니다.

본푸아 흥미로운 질문입니다. 하지만 셰익스피어 번역은 긴 호흡의 작업이라는 점을 잊지 마시기 바랍니다. 여러 달이 요구되고, 때로 도중에 던져두었다가 1년 뒤 다시 집어들게 되는

작업이지요. 다양한 계절이 바뀔 동안 외부의 사소한 영향들
도 많이 변할 수 있습니다. 사실 저는 제 셰익스피어 번역들을
한순간의 기분보다는 제 삶의 전체 기간, 그리고 그동안 지속
적으로 중요했던 것, 달리 말해 시에 대한 생각들과 관련짓습
니다. 생각들, 그리고 네, 맞아요, 철학자들에 대한 독서가 있
습니다.

　1950년대 중반에 『햄릿』을 번역할 때, 장 발[6]의 독자였던
저는 시에 대한 성찰을 돕는, 따라서 덴마크 왕자에 대한 이해
를 용이하게 할 수밖에 없는 철학, 곧 키르케고르Kierkegaard 의
철학에 매우 심취해 있었습니다. 그는, 이것이 의미가 있을까
요? 셰익스피어의 주인공이 그러한 것으로 추정되는 것처럼,
덴마크 사람이었습니다. 키르케고르가 그리는 인생도정의 단
계들, 곧 미학, 윤리, 종교를 머릿속에 담고 있으면 네 번째 단
계, 곧 시를 생각하는 것뿐만 아니라 수수께끼라고나 할 햄릿
의 질질 끄는 태도를 이해하는 것이 가능해집니다. 심지어
오필리어조차 『유혹자의 일기Forforerens dagbog』에 비추어 의미를
얻을 수 있습니다, 오늘 드는 생각은 『햄릿』을 쓰는 셰익스피
어와 키르케고르의 관계에 대해 좀 더 생각했어야 한다는 것입

---

6 장 발(Jean Wahl, 1888~1974)은 현대 프랑스 철학자이다.

192
햄릿의 망설임과 셰익스피어의 결단

니다. 번역을 시작하기 몇 년 전 키르케고르와 보들레르에 대해 생각했던 것처럼 말입니다. 보들레르 또한 햄릿에 대해, 셰익스피어에 대해 생각했지요.

하지만 우리의 독서, 우리의 발견에서 셰익스피어로 이어지지 않는 것이 있을까요? 저는 『열쇠의 권능 Potestas clavium』[7]을 읽었고, 셰스토프의 욥[8]처럼 리어는 이미 죽은 코델리어가 죽지 않았기를 신에게 청원했을 수 있다고 생각할 수밖에 없었습니다. 사랑은 단순한 인과관계보다 더 강하고 더 실제적이라는 점에 대해 신이 인간에게 수긍하리라는 것이지요. 그러나 이 "셰익스피어와 셰스토프"에서 진실에 더 가까운 것은 불행하게도 영국 시인입니다. 확실히 절대를 원하되 여기 지상에서 그렇게 해야 합니다. 회피하고자 할 때 우리의 유한성은 무엇이 되겠습니까?

예술, 그중에서도 특히 회화와 관련한 제 애정의 경우, 비록 모순적으로 보일 수는 있겠지만, 그것은 셰익스피어에게서, 화해가 아니라면, 적어도 동거, 어쩌면 상호 이해의 자리를 발견

---

7 러시아 작가이자 철학자인 레프 셰스토프(Lev Shestov, 1866~1938)가 1928년에 발표한 작품이다.
8 구약에 나오는 인물이다.

했습니다. 저는 베네치아 학파의 가장 위대한 화가로 이따금 꼽히기도 하는 베로네제에게 깊은 애정을 갖고 있습니다. 하지만 카라바조 또한 그에 못잖게 좋아하고 존경합니다. 그를 통해 '명암법chiaroscuro'의 기이한 신도들이라고 할 수 있을 방대한 카라바조 경향에 대해 매혹을 느끼지요. 그런데 베로네제와 카라바조, 다시 말해 낮의 법과 밤의 열정을 짝지우고 화해시킬 수 있을까요? 그렇습니다. 그것을 희망할 수 있습니다. 저는 푸생[9]이 그의 놀라운 집중력을 이 근본적인 문제에 투자했다는 것을 잘 압니다. 그러나 그 자신 나름대로 이 문제를 제기한 게 아니라면 셰익스피어는 대체 무엇을 했겠습니까?

이 지적에 놀랄 수 있겠지요. 하지만 그가 쓴 시들을 생각해보세요. 소네트 말고 시들, 특히 위대한 "조형적" 시 두 편, 곧 『비너스와 아도니스Venus and Adonis』, 그리고 『루크레티아의 능욕』을 생각해보세요. 저는 첫 번째 시를 읽으면서, 티치아노도 그랬지만, 신화적인 만큼이나 문학적인 그 위대한 주제를 다룬 베로네제의 회화를 생각하지 않을 수 없었습니다. 셰익스피어의 묘사들은 베로네제의 회화법, 곧 빛 속에서 색채의 길을 통

---

9 니콜라 푸생(Nicolas Poussin, 1594~1665)은 프랑스 고전주의를 대표하는 화가이다.

햄릿의 망설임과 셰익스피어의 결단

해 풍만한 형태에 서정적으로 접근하는 태도를 걷잡을 수 없이 떠올립니다. 사실 셰익스피어의 텍스트를 이 화가에 비추어 읽으면 더 좋은데, 재창조는 못하고 환기만이 가능한 단어들을 육감적 충만함으로 가득 채우기 때문입니다. 회화는 이것이 가능합니다. 그런 점에서 진실에 이르는 하나의 길이라고 할 수 있습니다.

이제 『루크레티아의 능욕』을 살펴보도록 하지요. 여기에는 더 이상 베네치아의 색채가 없습니다. 불타오름은 있지만 어둠 속이지요. 밤을 이용한 범죄, 그리고 홀로페르네스가 있거나 없는 카라바조 풍의 〈유디트〉를 에워싼 "명암법" 속에서 과정과 결과를 다시 사는 이야기가 있습니다. 이번에도 여전히 시는 화가들과의 비교 가운데 이득을 얻습니다. 그림자들은 더욱 어두워지고, 후경은 더욱 불안해지며, 카라바조가 기독교적 하늘 앞에 도전의 램프 빛을 전시하면서 고안해낸 대조의 효과에 대해 우리가 갖고 있는 기억 때문에 전경의 몸짓들은 더욱 강렬해집니다. 여기서 램프의 빛은 바야흐로 무의식에서 오르기 시작하는 미광의 메타포입니다.

이러한 글쓰기의 유사성이 단순한 만남 같은 것일까요? 자신에게까지 전해진 당대 예술에 대한 셰익스피어의 발견에 연유한 잠시 동안의 영향일까요? 그러나 이 만남이 일어날 수 있었던 것은 특히 상상력을 통해서라는 점을 주목하시기 바랍니다. 카라바조가 셰익스피어와 동시대 사람이라고 한들 (〈병든 바쿠스〉 또는 〈막달레나〉는 『루크레티아의 능욕』과 정확히 같은 때에 그려졌습니다) 그의 경력 초기에 해당하는 이 시기에 우리가 두 사람 사이에 추정할 수 있는 관계는 위대한 혁신들이 시작될 무렵에 사회를 관통하는 신비로운 파동이 고작입니다. 베네치아 학파의 경우, 엘리자베스 시대의 영국 시인이 이 학파에 대해 무엇을 알 수 있었겠습니까? 흑백 복제 판화들? 여행자들의 이야기? 바로 그것입니다! 우리는 이 시들과 더불어 직관의 층위에 있습니다. 정신의 생성과 본능적으로 유대 관계에 있는 직관은 풍문에 근거해 구상하고 예감하며 예측합니다. 그것은 세상이든 삶이든, 거의 무의식적인 지각의 지역들을 탐색하는데, 거기에서 핵심적인 문제들이 발견되고 심지어 구상적 문구까지도 얻어낼 수 있습니다. 이 단어를 통해 제가 뜻하고자 하는 것은 개념과 함께가 아니라 유추, 이미지, 그리고 목소리의 떨림과 함께 말해지는 것입니다.

이 경우, 두 화가를 비교함으로써, 다시 말해 빛에 대한 두 생각을 비교함으로써 셰익스피어의 직관이 암시하는 것은 무엇일까요? 그것은 이중의 극복을 통해 그것들을 통합해야 한다는 것, 그리고 이 결정적인 발걸음이 이루어질 수 있는 자리는, 시편들이 지닌 시의 심화로 이해된 연극이라는 것입니다. 『루크레티아의 능욕』과 관계가 깊은 『오셀로』를 생각해보세요. 이아고는 자신이 무어인[10]의 내부 곳곳에 퍼뜨리는 어둠 속을 나아가며 일종의 위임에 의한 살해를 수행하는데, 이 살해는 다가갈 수 없는 데스데모나에 대한 자기만의 방식에 따른 강간입니다. 색채에 의한 어둠의 부인인 『한여름 밤의 꿈A Midsummer Night's Dream』을 생각해보세요. 그리고 마지막으로 『겨울 이야기』, 이 모순 극복의 시학을 고려해보세요. 셰익스피어의 연극은 두 개의 길을 갖고 있는데, 이 길들 각각은 두 시 가운데 하나를 지나갑니다. 따라서 이 시들은 (아직 "카라바조적인" 『율리우스 카이사르』와 『햄릿』과 더불어) 바야흐로 무대에 국한된 작업이 곧 보여줄 도약에 앞서 마련된 멈춤, 인식, 성찰의 지점으로 이해되어야 할 것입니다.

오늘 저는 이 문제에 더 오래 머무를 시간이 없습니다. 그러나 적어도 한 가지 지적은 해야겠습니다. 유럽 회화의 커다란 흐름에 대한 주목은, 셰익스피어에 대해 생각하게 될 경우, 그와 관련될 수밖에 없습니다. 특히 그의 작품의 번역자일 경우, 다시 말해 의미가 근본적인 직관을 충분히 억누르지 못하는 글

---

10 오셀로를 가리킨다.

쓰기의 기저를 방문하는 입장일 때 그러합니다. 셰익스피어 세기의 회화, 아니 차라리 조형예술, 그리고 음악은 그의 작품과 그것의 번역에 대한 성찰 속에 자리 잡기를 요구합니다. 그 것들은 번역의 길을 밝혀줍니다. 제 경우 베로네제와 카라바조에 대한 애정에, 그리고 그들의 분명한 대립관계에 대해 제가 제기했던 질문들에 이끌리지 않았다면, 아마도 대작들에 비해 중요성이 떨어지는 두 시를 번역할 생각을 하지 못했을 것입니다.

그리고 또 이것. 적어도 지금으로서는 셰익스피어에 대한 제 마지막 작업인 『뜻대로 하세요』를 번역한 때는 『광란의 오를란도L'Orlando furioso』를 읽기 시작하고 이 위대한 시에 대해 글을 쓰던 시기였습니다. 실제로 이탈리아 시인의 "광란의" 오를란도에 대한 생각은, 저로 하여금 다른 오를란도가 나오는 영국의 희곡 작품을 번역하도록 자극했지요. 한데 후자는 작품의 마지막 부분에서 친구인 로잘린드의 동정과 아이러니, 그리고 신뢰 넘치는 지성 덕분에 "치유된" 오를란도입니다. 셰익스피어가 런던에서 금방 번역된 『광란의 오를란도』를 읽은 것, 그리고 아리오스토가 혹시 겪을지도 모를 수모를 두려워해서 사랑의 고착에서 생겨나는 동요의 분석과 관련해 충분히 멀리 밀고 나가지 못하는 생각을, 그가 감히 발전시키고 있다는 사실은 분명해 보였습니다. 아리오스토의 경우, 작품에서 주인공에 대해 말하길 그치는 동시에 안젤리카를 중국으로 보내지요. 다시 말해 셰익스피어는 자기 작품의 원천에 대해 숙고하고, 그것이 잠재적인 상태로 갖고 있는 것을 앞으로 이끌고 나아가는 사람으로 다시 한 번 나타납니다.

그러나 이 원천과 관련해 그와 동일한 방향을 취했던 이들은 누구일까요?『광란의 오를란도』가 나오자마자 저자의 글쓰기와 자신들 그림 사이의 놀라운 연관성에 주목했던 화가들이 아니라면 말입니다. 적어도 몇몇 사람은 작품의 관능성을 심화하고 그것의 정당한 요구를 표명하며, 장차 푸생의 생각으로 귀결될 자기의식의 변화에 기여했습니다. 저는 렌셀러 리의 훌륭한 책『나무 위의 이름들: 아리오스토와 미술』[11]을 읽다가 셰익스피어의 작품 속에 들어와 있는 것 같다는 생각을 했습니다.『뜻대로 하세요』의 저자는 회화의 위대한 정신적 가능성 가운데 하나와 더불어 나아갑니다. 개념의 지배에서 벗어나려고 시도하는 "ut pictura poesis"[12]의 표지 아래 그를 읽어야 하

---

11 렌셀러 리(Rensselaer Lee, 1898~1984)는 미국의 미술사학자이다. 『나무 위의 이름들: 아리오스토와 미술(Names on Trees: Ariosto into Art)』은 1977년에 출간되었다.

12 호라티우스의 『시학』에 나오는 말로 "시는 그림처럼"을 뜻한다.

는 또 하나의 이유인 셈이지요.

질문에 대한 대답이 아주 길어졌는데, 양해해주세요. 셰익
스피어와 미술은, 제가 충분히 공부하지 못해서 어려움을 겪는
문제 중 하나입니다.

로슐레 번역자가 텍스트를 산출한 맥락이 번역 텍스트의 성
질에 영향을 미친다는 점에 동의하시는지요?

본푸아 사회 속 순간들에 대해서 말씀하시는 건가요? 번역되
어 나왔을 때 사회가 걱정하는 것들에 대해서? 이러한 맥락이
작품의 수용에 영향을 미치는 것은 틀림없습니다. 전체주의
체제의 경험에 짓눌린 얀 코트[13]는 햄릿에서 그 이미지를 보았
는데, 이건 물론 더 할 수 없이 환원적인 시각이지요. 이렇듯 한
시대의 근심이 타자의 말에 투사되는 것에는 끝이 없습니다.
하지만 조심하세요. 타자의 말에는 몇 개의 층위가 있습니다.

먼저 (정치적, 종교적, 철학적, 도덕적) 담론의 층위를 갖고 있
는데, 거기에는 개념적인 기표들이, 저자들의 의도에 있지 않
았던 사유들에 의해 해석되는 것이 아주 자연스럽게 여겨집니
다. 왜냐하면 소박한 세계의 경험에서 벗어나 있고, 그런 만큼
오로지 추상의 차원에서만 생명을 유지하는 개념들의 분절에

---

13 얀 코트(Jan Kott, 1914~2001)는 폴란드의 연극비평가이다.

햄릿의 망설임과 셰익스피어의 결단

해당하는 것이 놀라운 가소성을 지니고 있어서, 그것으로 하여 금 원하는 모든 것을 말하게 할 수 있기 때문입니다. 그러나 이 담론 아래에는 이따금 개념적인 것들을 시적으로 위반하려 고 하는 말이 있고, 단어들을 삶과 지상의 자리의 위대한 소박 한 것들로 삼으려고 하는 말이 있습니다. 이 차원에서 삶의 진 실이 얼굴을 내밉니다. 그리하여 시인의 단어들은 적어도 그 진실을 말하기 시작하지만, 항상 덧없는 이데올로기에 온통 종 속된 다양한 사회의 연속적인 순간들이 원하는 해석들은 그 단 어들의 어느 부분을 붙잡아야 할지 알지 못합니다. 반면에 좀 더 깊은 층위의 진실은 모든 시대 세계 도처에서 시가 말하고 자 하는 바를 아는 독자에게 확고하게 자리 잡습니다.

이로부터 가능하게 되는 것이 바로 시 작품을 읽는 많은 사 람들의 수용에서 확인되는 진실되고 본질적인 독서의 영속성 입니다. 이건 유식하고 직업적인 비평에서 유독 나타나는 현 상은 아닙니다. 왜냐하면 이 비평은 대부분, 의미만을 신경 쓰 는 개념적인 것 안에 완전히 자리 잡은 정신들에 의해 이루어 지기 때문입니다. 그러나 제가 말하는 영속성은, 감히 말하건 대, 시인들의 반응 속에서 얼굴을 드러냅니다. 『악의 꽃』에서 보들레르, 기이한 판화에서 들라크루아, 또는 그토록 도발적 인, 하지만 셰익스피어 희곡 작품의 문제와 생각을 그토록 분명하게 의식하고 있는 "효심孝心 연작"들에서 라포르그[14]가 행하는 『햄릿』 읽기가 그 예입니다. 시 작품 수용의 상대주의를 경계해야 합니다!

하지만 번역자의 실존적 맥락을 말씀하시는 것이지요? 그런 경우라면 제가 대답하지 못하는 걸 양해해주시기 바랍니다. 그런 시도는 저를 너무나 많은 의미를 지닌 것 속으로 즉시 데려가, 너무나도 많은 세부적인 것 속으로 들어가지 않을 수 없기 때문입니다. 이 세부적인 것은 또 다른 종류의 말밖에는 수용하지 않는데, 그것은 이해의 투사가 많게 적게 암호화되고 상징과 이미지들을 짊어진 채 무의식에서부터 올라오는 지시들을 향해 열릴 필요를 갖는 그런 말입니다.

한 가지 지적만 더 하지요. 셰익스피어의 작품을 인생의 아무 순간에나 번역할 수는 없다는 사실은 분명합니다. 그럼에도 만약 그것을 감행한다면, 그것은 나쁜 번역을 얻을 위험을 무릅쓰는 것입니다. 1950년대 중반에 제가 『햄릿』을 번역했을 때, 수많은 주저와 회의의 지진계라고 할 수 있는 『사막을 지배하는 어제』[15]를 쓰고 있었다면, 그리고 『겨울 이야기』 번역

---

14 쥘 라포르그(Jules Laforgue, 1860~1887)는 프랑스의 시인이다.
15 원제가 "Hier régnant désert"인 이 시집은 1958년에 간행되었다.

이 이 책에서 『글이 쓰인 돌』[16]로의 이행, 다시 말해 제가 하나의 변모로 겪었던 이행과 같은 시기에 위치한다면, 그것은 물론 우연이 아닙니다. 우리는 번역할 작품들을 그때그때 우리가 어떤 상태에 있는가에 따라 선택합니다. 반대로 이러한 번역들은 때때로 우리가 변화하는 것을 크게 도울 수 있습니다. 이 두 문제, 사실은 하나인 이 두 문제에 대해 이야기할 수 있을 것이고, 심지어 이야기하고 싶은 마음도 큽니다. 그것은 한 권의 책이 되고도 남을 것입니다.

로슬레　번역에 대한 당신의 글들, 특히 2000년 이후에 나온 글들(『번역자들의 공동체』)은 번역학이라고 하는 분야의 핵심적인 문제의식에 대한 식견을 보여줍니다. 번역학 이론가들의 작업에서 영감을 받으신 적이 있으신지요? 만약에 있다면 어떤 것인지요?

본푸아　"번역학자"들의 작업에서 제 마음에 드는 것을 별로 발견하지 못했다고 말해야 하는 게 두렵군요. 그들 중에 시가 의미의 일이 아니라는 사실을·이해하는 사람은 거의 없어 보입니다. 이러한 사실에서 시 번역 연구가 의미의 연구로 국한되어서는 안 된다는 것을 알 수 있지요. 하지만 폴 리쾨르[17]나 조

---

16 원제가 "Pierre écrite"인 이 시집도 1958년에 간행되었다.

르주 스테네[18]를 포함한 대부분의 이론가들은 그런 사실을 생각하지 않는 것 같습니다. 사실상 그 같은 시 번역 이론은 존재하지 않습니다. 번역학자 중에 프랑스의 앙투안 베르만[19]이 유일하게 존 던의 다양한 프랑스어 번역을 분석한 책에서 이 문제를 어렴풋이나마 보았지만, 시의 이해에서 충분히 멀리 가지는 못했습니다. 물론 그에 앞서 발터 베냐민의 유명한 에세이 『번역자의 과제Die Aufgabe des Übersetzers』가 있습니다. 그러나 베르만과 폴 드 만[20]의 작업에도 불구하고 베냐민의 이 텍스트가 갖는 의미는 수립하기가 어렵습니다. 저는 그것을 당최 수긍할 수 없습니다. 몇 가지 좋은 이유가 없지는 않지만, 저는 거기에 제 꿈을 투사하게 되지는 않을까 겁이 납니다. 이는 저로 하여금 그것에 대해 거의 반감을 갖게 만듭니다. 에세이를 쓸 때, 사용하는 단어들이 독자와 공유할 수 있는가는 독자에게 달려 있지요. 저는 이것이 힘들다는 사실을 압니다. 하지만

---

17 폴 리쾨르(Paul Ricoeur, 1913~2005)는 프랑스의 철학자이다.

18 조르주 스테네(Georges Steiner, 1929~)는 프랑스-미국의 번역이론가이자 비평가이다.

19 앙투안 베르만(Antoine Berman, 1942~1991)은 프랑스의 언어학자이자 번역가, 철학자이다.

20 폴 드 만(Paul de Man, 1919~1983)은 미국의 비평가이자 철학자이다.

햄릿의 망설임과 셰익스피어의 결단

오로지 우리에게만 의미를 갖는 말의 의미들로 만족해서는 안 됩니다. 그렇게 되면 막연해지고, 생각의 나르시스적 명분에 봉사하게 되지요.

로슬레 선생님의 에세이에서는 번역 활동의 두 축, 곧 "충실함"과 창조 사이의 요동이 느껴집니다. 선생님은 번역을 어떤 때는 "읽기"로, 어떤 때는 "글쓰기 활동"으로, 또 어떤 때는 두 축을 화해시키며 "쓰는 읽기"로 말씀하시더군요. 선생님은 번역하실 때, 원문에 대한 "충실함"의 의무에 더 복종한다고 보세요, 아니면 차라리 새로운 창작을 하신다고 생각하세요? 서로 길항하는 두 경향의 공존을 어떻게 화해시키는지요?

본푸아 우리는 지금 시 번역에 대해 말하고 있고, 저는 방금 번역학자들이 그것을 고려하지 않는다는 사실을 지적했습니다. 분명하게 구분되는 이 관점에서 당신의 질문에 답하겠습니다. 저는 텍스트가 가진 고유하고 시적인 직관(이것은 분명 가장 중요한 양상인데)을 보존할 계획을 갖고 한 시인을 번역할 때는 작품에 대한 충실함과 번역자의 개인적인 표현 사이의 불일치를 결코 두려워해서는 안 된다는 점을 가능한 강하게 말하고자 합니다. 이 충돌은 의미에 귀속된 산문 텍스트를 번역할 때도 대두될 수 있고, 그 경우에도 역시 문제가 아주 난처해지지요.

셰익스피어의 목소리

시에서 시인과 시인이길 원하는 번역자는 동일한 목표를 가지고 있으니, 그것은 충만한 세계 안의 존재, 달리 말해 실재 파악의 열쇠인 유한성의 사유에 생명을 부여하는 직접성 가운데 있는 것과의 만남입니다. 그리고 그렇게 열리는 것은, 만약 그들이 자신들의 목표를 지탱할 수 있다면, 둘 모두에게서 똑같은 독특한 경험, 세계에 대한 똑같은 시선으로 나타날 것입니다. 유한성은 모든 인간 존재의 공통분모인 까닭입니다. 우리를 서로 다르게 만드는 것은 의식 표면의 사건들입니다. 그곳을 지배하는 개념적 사유는 오로지 부분적 파악의 그물에 불과할 따름인바, 이 그물은 우리를 스스로의 이런저런 접근 속에 가두면서 특수성으로 귀착하게 합니다. 이것은 나의moi[21] 층위이며 바로 이러한 사실 때문에 특수성에 속하고 일종의 섬이 되지요. 그런데 존 던이 상기시키는 것처럼 그 아래쪽에는 보편적인 내가Je 있고, 이따금 시는 그것과 합류할 줄 압니다.

시의 나Je? 세계와의 개념적 관계의 '나moi'와 대립하는 유한성의 '나Je?' 한 작품에서 나타날 때, 그것은 확실히 별나고 이

---

21 프랑스어에서 'moi'는 강세형 인칭대명사로 명사처럼 독립적으로 사용되거나 전치사와 결합할 수 있는 반면, 'je'는 동사의 주어로만 사용될 수 있는 인칭대명사이다.

햄릿의 망설임과 셰익스피어의 결단

례적인 어떤 것으로서 시인에게 강력한 형상을 확보해줍니다. 이 층위에서조차 시인을 그 어떤 다른 존재와도 혼동할 수 없을 정도이지요. 그러나 감히 말하건대, 시인에게 가까이 다가가면, 그의 단어들에서 공유할 수 없는 모든 것이 자취를 감출 뿐만 아니라 그와 가까운 곳에 머물 줄 안다면, 그가 겪는 모든 것이 낯설게 여겨지지 않는다는 사실을 알게 될 것입니다. 즉 시인은 그 덕분에 성장한 독자와 똑같은 남자, 똑같은 여자임이 드러나지요.

이로부터 생겨나는 사실은, 번역자가 자신의 시의 소명에 충실하고 고유의 본질적 나Je를 지향하면 지향할수록, 그리고 그가 번역하는 시인 곁에 머무르면 머무를수록, 그는 그 시인을 더 잘 이해하게 된다는 것입니다. 그리고 심지어 단순한 문학의 단순한 애호가가 아닌 사람의 관심을 끌 수 있는 작품의 차원에서 그를 다시 살 수 있다는 것입니다. 시 번역의 길은 완전히 그려져 있어서, 그것을 시도하는 사람은 자기 자신이기만 하면 됩니다……. 번역자의 어려움은 어휘나 문장에 있지 않습니다. 다시 말해 그것은 앞서 말한 "mind"나 "jelly"에 있지 않습니다. 그것은 번역하면서 피상적 존재의 매너리즘에서, 자아moi에서, 그리고 외재적 지각의 의복에서 벗어나야 하는 번역자의 자기와의 관계에 있는데, 외재적 지각의 의복은 그에게서, 그리고 다른 이들에게서 "르포르타주 언어"로 나타나거나 말라르메의 권위에도 불구하고 작업 자체에 의해 리포터 역시 시인이 될 수 있는 만큼, 이런 표현을 쓰자면, 나쁜 단어로 나타납니다.

간단히 말해 번역에서는 자기 자신에 대한 충실함과 번역되는 작품에 대한 충실함 사이에, 그리고 글쓰기와 읽기 사이에 모순이 없습니다. 글쓰기는 자신에 대한 귀 기울임입니다. 개념적 의미보다, 뭐랄까요, 하나의 목소리를 포착할 줄 알아야만 하는 귀 기울임입니다.

로슬레 같은 의미에서 번역자는 "원저자의 목소리라고 하는 이 다른 악기 연주법을 배워야" 한다고 하지만 그는 "필연적으로 다른 악기를 연주하게" 될 것이라고 말합니다. 실제 작업에서, 예컨대 『햄릿』을 번역할 때, 이러한 이중의 요청을 어떻게 구체화하시는지요?

또 다른 질문도 있습니다. 저는 "목소리"의 개념에 특별히 관심을 갖고 있는데요, 이건 매우 자주 사용되지만 아주 드물게 정의되는 말이지요. 선생님께 저자의 목소리란 무엇인가요? 또 그것은 문체의 개념과 어떻게 다른가요? 그리고 선생님께 번역자의 목소리는 무엇인가요? 또 그것을 어떻게 정의하시나요?

햄릿의 망설임과 셰익스피어의 결단

본푸아 두 질문은 결국 하나입니다. 저자의 목소리, 그것은 그가 자기와 세계에 대해 갖는 불가피하게 추상적인 관념이 그의 말에서 질식시키지 못한 것입니다. 그것은 따라서 사유의 표명에 맞서, 이 순간에도 여전히, 그리고 아마도 영영 충족되지 못할 하나의 요구, 하나의 불안, 하나의 열기를 대립시킵니다. 문체는 담론의 존재 양식이고 그것과 한 몸이 되지요. 목소리는 담론에서는 식별되지 않는 것이고, 도리어 담론의 그물눈을 통해 보이는 것입니다. 목소리는 시에서 말의 몸을 이루지요. 시의 자리는 텍스트보다 목소리입니다. 텍스트는 그것에 꿈꿀 가능성을 제공하는 개념에 의해 쉼 없이 재정복되지요.

그런데 햄릿은 셰익스피어의 무대에서, 세계의 형상이 그의 눈에 존재가 결여된 허울 좋은 거짓말의 산으로 드러난 인물의 더할 수 없이 좋은 예입니다. 햄릿은 진정한 삶을 되찾길 열망하고, 따라서 시인이기는 하지만, 완전한 시인이 될 수는 없습니다. 사실 이 무기력은 비무대적 현실의 시인들 역시 괴롭히지요. 이런 까닭에 서양 세계 경계의 덴마크 왕자가 그를 배태한 작품 속에서 단순한 관념들의 낭독자와는 다른 존재로 나타나는 것은 당연합니다. 그는 사실 셰익스피어 스스로의 사유 위로 잉여처럼 돌출한 셰익스피어의 목소리 자체라고 말할 수 있습니다. 셰익스피어의 천재성은 근본적으로 현대적인 비극

속에서 제가 방금 이야기했던 망설임과 비틀거림을 통해 이 목
소리를 감히 살도록 내버려두었다는 데 있습니다. 『햄릿』보다
더 명백하게 하나의 목소리인 연극 작품은 존재하지 않으며,
마땅히 이 척도에 맞추어 작품의 번역자들을 평가해야 합니다.
하지만 목소리에 충실하기 위해 그들은 어떻게 해야 할까요?
다시 한 번 스스로를 향해 깨어나야만 합니다. 그들의 작업의
장과 지평은 그들의 실존 전체입니다. 이는 그들의 『햄릿』 번
역이, 일의 여백에 위치하는 나머지 실존과 응집하게 합니다.
『햄릿』 번역은 종이와 잉크를 갖고 하는 게 아니라 일상적 실
존의 토양을 많게 적게 깊이 휘저으면서 합니다.

로슬레 선생님의 번역들, 특히 『햄릿』 번역의 어떤 부분에서
선생님의 목소리를 들을 수 있을까요? 그것은 번역을 수정해
오면서 점점 더 뚜렷해졌나요? 셰익스피어 덕분에, 또 『햄릿』
의 번역을 수정해오시면서, 선생님께서는 인간으로서의 선생
님에 대해, 그리고 시인으로서의 선생님에 대해 무엇을 알게
되셨는지요?

본푸아 이 질문들에 답하기에 가장 좋은 위치에 있는 사람은
제가 아니에요, 스테파니. 대답을 시도하는 것은 심지어 경솔
할 수도 있습니다. 다만 제가 말씀드릴 수 있는 것은 『햄릿』
번역에 대한 수정들이 이전의 제 독서에 대한 문제제기를 의미

할 정도로 중요하지는 않았다는 사실입니다. 게다가 그것들은 저와 작품과의 관계에 생겨난 변화에 말미암은 것도 아닙니다. 사실『햄릿』에 대한 제 감정의 핵심적인 부분은 1940년대 말에 영어 텍스트를 처음으로 매우 불분명하게 독서했을 때부터 대번에 형성되었습니다. 이후에 일어난 것은, 첫날 직관적으로 이해한 것, 아마도 잘못된 독서이지만 근본적인 수정은 절대 불가능한 것에 대한 점진적인, 그리고 결코 완성되지 않은 설명이었을 따름입니다. 왜냐하면 그것은 저라는 사람에 의해 결정된 제 것이기 때문입니다. 60년 전부터 저와『햄릿』의 관계에 생겨난 변화의 원인은 제 번역의 프랑스어에 대한 수정이 아닙니다. 그것은 영어 텍스트에 대해 수행된 첫 번째 직관적 해석이 내포한 다양한 양상들의 펼침입니다.

두 번째 지적을 해볼까요. 성찰의 변화는 비극에 대한 질문에 갇히지 않았을뿐더러 그럴 수도 없었는데, 그 이유는 우리가 햄릿에 대해, 그리고 클로디어스, 오필리어, 거트루드에 대해 생각하자마자 셰익스피어의 나머지 작품들이 생기를 띠며 가까이 다가오기 때문입니다. 젊든 젊지 않든 매우 자주, 희생자인 놀라운 여인들의 행렬, 곧 줄리엣, 코델리어, 데스데모나, 클레오파트라, 미랜더, 마리나, 허마이어니, 퍼디타, 그리고 로잘린드, 또『십이야Twelfth Night』의 올리비아는 한 작품에서 다른 작품으로 이어지면서 으뜸가는 진실을 담보하는데, 이들은 모두 오필리어 주위로 모여들면서 유사성과 다름의 유희를 통해 나름의 방식으로 그녀에 대해 말합니다. 『햄릿』 읽기의 진정한 생성은 작품을 얼마나 잘 번역하는가가 아닙니다. 그것은 거기서 일어나는 일을 더 잘 이해하는 것, 이를 위해 다른 작품들을 읽는 것, 다시 말해 (이것이 더 간단하고 확실하고 심지어 빠른데) 그것들을 번역하는 것입니다. 바로 제가 한 일이지요.

로슬레 다른 『햄릿』 번역들, 다시 말해 선생님의 것들에 비해 앞이나 동시대에 위치한 번역들과 선생님의 번역의 관계를 어떻게 보시는지요? 선생님께서는 그것들에서 영감을 얻으셨나요? 아니면 반대로 선생님의 번역은 그 가운데 어떤 것들과 명확히 구분되나요?

본푸아 저는 그것들을 별로 읽지 않았습니다. 저는 재미와 약간의 공감을 느끼며 뒤시[22]의 작업들을 훑어보았지요. 하지만 핏기라고는 없는 철늦은 고전주의의 그 페이지들을 읽을 때 우리는 셰익스피어의 세계에 있지 않습니다. 저는 앙드레 지드의 『햄릿』을 펼쳤다가 거의 혐오감을 느끼며 덮었고, 주브[23]의

---

22 장-프랑수아 뒤시(Jean-François Ducis, 1733~1816)는 프랑스의 비극 시인이다. 셰익스피어의 작품을 각색했다.

『로미오』와 『오셀로』에 대해서는 거리를 취했습니다. 소네트 번역에 대한 논란에 휩쓸려 친구인 그와 불화하게 된 만큼 비평을 해야 했지만 그럴 마음이 없었기 때문입니다. 반면에 더할 수 없이 불리하게 작용할 수밖에 없는 글쓰기에 대한 제 입장에도 불구하고, 저는 매우 일찍이 알게 된 프랑수아-빅토르 위고[24]의 작업을 높이 평가했습니다. 높이 평가할 뿐만 아니라 존경심까지 느꼈는데, 20세기에 쏟아진 훌륭한 비평판들이 없는 상태에서 거대한 작품에 대해 처음부터 끝까지 굴하지 않고 작업한 그의 노력이 위대하기 때문입니다. 물론 저는 위대한 피에르 레리스[25]가 겸손과 지성의 바탕 위에서 이해하고 암시하는 것에 언제나 주의 깊게 귀 기울여왔습니다. 제가 셰익스피어의 세계에 들어온 것은 저를 입문시켜준 그의 한없이 관대한 신뢰 덕분입니다.

나머지 프랑스어 『햄릿』 번역에 대해 저는 아는 바가 거의 없습니다. 제가 아닌 다른 사람들의 작업을 무시해서가 아니라, 시를 번역할 때는 자기 고유의 길 말고 다른 길을 따라갈

---

23 피에르 장 주브(Pierre Jean Jouve, 1887~1976)는 프랑스의 시인 겸 소설가이다.
24 프랑수아-빅토르 위고(François-Victor Hugo, 1828~1873)는 프랑스의 작가이자 번역가로, 빅토르 위고의 아들이다.
25 피에르 레리스(Pierre Leyris, 1907~2001)는 프랑스의 번역가이다.

수 없기 때문입니다. 앙드레 뒤 부셰[26]나 쥘 쉬페르비엘[27]처럼 훌륭한 시인들조차 저는 따라갈 수 없습니다. 이들이 번역한 『템페스트』나 『한여름 밤의 꿈』의 첫 장면부터 저는 그들과 다른 곳에 있고, 제가 대화한다고 생각했던 셰익스피어는 방 바깥에 있는 것을 아쉬워합니다. 대신에 저는 열다섯에서 스무 명 정도를 헤아리는 영어를 사용하는 중요한 문헌학자들의 작업을 즐겨 읽습니다. 이들은 셰익스피어 작품의 어느 부분이나 전체를 편집했는데, 그들의 주석이 없었다면 제 번역을 할 수 없었을 것입니다.

---

26 앙드레 뒤 부셰(André du Bouchet, 1924~2001)는 프랑스의 시인이다.
27 쥘 쉬페르비엘(Jules Supervielle, 1884~1960)은 프랑스의 시인이다.

어둠 속에서 햄릿 연기하기:

파비엔 다르주와의 대담

Jouer Hamlet dans le noir

파비엔 다르쥐(이하 다르쥐)[1] 셰익스피어를 어떻게 만나게 되셨는지요? 읽으시면서? 아니면 극장에서 작품을 보시면서?

이브 본푸아(이하 본푸아) 제가 셰익스피어라는 작가와 그의 작품을 알게 된 것은 고등학교 때입니다. 영어 연습서에 『율리우스 카이사르』에서 안토니우스가 브루투스에 반해 민중을 봉기시키는 큰 장면의 상당 부분이 수록되어 있었지요. 암살당한 카이사르의 시체를 군중에게 보여주는 대목("여러분은 이 토가를 압니다.……")에 열광한 저는 그 연설을 번역하기 시작했고, 이것이 셰익스피어 연극에 대한, 좀 더 자세히 말하자면 셰익스피어 연극 속의 말에 대한 첫 번째 경험이었지요. 그러나 무대에서 셰익스피어를 관람하기까지는 오랜 시간이 흘러야 했습니다. 하지만 그렇다고 해서 제가 셰익스피어를 떠났던 것은 결코 아닙니다. 제게 셰익스피어는 그때도 그렇고 지금도 그렇고, 무대장치도, 그리고 심지어 배우도 필요 없이 스스로 행위를 이끌고 나아가는 단어들입니다. 저는 특히 텍스트들 속에서 길을 헤쳐나가야만 했는데, 그것들의 어려움은 여러 가지로 저를 밀어내곤 했습니다. 저는 영어 사용자도 학자도 아니거든요.

---

1 문예 담당 기자이다.

다르주 그렇다면 1950년대 초에 셰익스피어의 작품들을 번역하기 시작할 때 무엇을 느끼셨나요? 어떤 인물, 어떤 작품, 어떤 구절이 특히 인상적이었나요?

본푸아 피에르 레리스가 당시 기획 중에 있던『전집』판본을 만들기 위해 제게『율리우스 카이사르』와『햄릿』의 번역을 맡기려 했을 때 제가 느낀 바가 궁금하시군요. 저는 우선 언어적, 문헌학적, 역사적 지식을 심화할 수 있는 시간을 제 자신에게 주게 되어서 무척 기뻤습니다. 이러한 지식이 없다면 셰익스피어의 텍스트는 그것이 지닌 극도의 풍부함 중에서 아주 지나칠 정도로 미약한 부분밖에 내어주지 않지요. 당시 제가 벌여놓은 다른 일들보다 이 일에 우선권을 부여하면서, 저는 셰익스피어의 많은 작품들을 불타게 하는 다성악적인 생각과 감정들의 커다란 부분을 우리 시대의 독자에게 복원시켜주는 비평판과 어휘사전들에 열중했습니다. 셰익스피어와 제대로 만날 수 있게 된 것이지요. 운이 좋았던 것은 저에 대한 피에르 레리스의 관대함이 어찌나 컸던지, 그가 주도한 간단한 시험을 치른 다음에 책임지게 된 두 작품이, 그 당시 제가 가장 알고 싶어 하던 작품이었다는 점입니다. 당연히『햄릿』은 작품의 모든 것이, 그의 시대만큼이나 뒤죽박죽이 된 우리 시대를 향해 말하기 때문이고,『율리우스 카이사르』는 맨 처음에 커다란 놀라움을 느낀 이후부터 줄곧 머릿속에 간직해오던 작품이었기 때문입니다. 심지어 한 작품을 통해 다른 작품을 바라보는 것도 가능했는데, 특히 우선적으로는 정치적인 성찰로 여겨지는 로마의 드라마가 사실, 놀라운 방식으로 우리가 시라고 말하는 직관과 고민이 의식의 층위에 접근하는 비극을 예시하고 있는 까닭입니다. 장차 수행할 작업 덕분에 저는 곧바로 두 인물, 곧 브루투스와 햄릿에 대해 숙고할 수 있었습니다. 제가 보기에 그들은 셰익스피어의 연극 전체를 결정하고, 이를 통해 우리 현대를 향해 강한 목소리를 내는 인물들입니다. 이러한 사정은 저로 하여금 셰익스피어의 사유에서 『햄릿』의 자매 작품이라고 할 수 있는 『겨울 이야기』를 향해 곧장 빠르게 나아가게 했습니다. 제 은인인 피에르 레리스는 이 작품의 번역에 금방 동의해주었지요.

다르주 어떻게 번역을 시작하셨습니까? 우선 『율리우스 카이사르』와 『햄릿』의 번역 말입니다. 어떤 어려움이 있었나요? 선생님께 관건은 무엇이었나요? 번역자들은 종종 "충실함"에 대해 말하는데, 무엇에 충실하다는 말인가요?

본푸아 제게 관건은 셰익스피어가 연출하는 아주 다양한 상황들로부터 올라오는 목소리를 번역에서 보존하는 것이었습니다. 이 목소리는 존재 자체의 경험이고, 자기의식을 보편적인 것 안에 기입하는 사유의 범주와 가치들에 대한 발견입니다. 『안토니와 클레오파트라』에서 죽음의 순간에 숭고한 시구들로 "고귀함nobleness"을 요구하고, 심지어 그것을 나타내는 이집트 여왕의 목소리는 그 발견의 좋은 예이지요. 셰익스피어는 이 고귀함을 여성들의 세계 내 존재에서 확인할 수 있었고, 이것은 그의 가장 큰 장점 가운데 하나입니다. 클레오파트라, 데스데모나,리어, 그리고 심지어 그토록 비극적인 망설임에도 불구하고 햄릿, 이 인물들의 자기 도달에 충실하기, 그래요, 그것은 제게 대번에 커다란 바람이 되었습니다. 그런데 영어에서 이 목소리를 운반하는 것, 그것을 허용하는 것, 그것의 진실을 확고히 하는 것은 이 언어가 갖고 있는 특별한 운율, 곧 단장오보격 운율입니다. 단장격은 시 자체인데, 왜냐하면 그것은 인물이 스스로에 대해 수행하는 깊은 자제의 효과인 양 약한 강세에서 강한 강세로 나아가기 때문입니다. 하지만 우리 프랑스인들에게는 이 운율이 불가능한데, 우리 단어들에는 강한 강세가 없기 때문입니다.

셰익스피어를 프랑스어로 번역할 때 대두되는 주된 어려움은 이 두 운율법의 상이함이거니와, 바로 이것이 번역자의 탐색을 일깨우고 방향을 잡아주어야만 합니다. 물론 저는 이 문제를 절대로 시야에서 놓치지 않으려고 했지요. 제 경우 모든 것(장면들에 대한 해석을 포함해)은 운율의 실행에서 결정되었습니다. 아울러 저는 열한 음절 시구가 지닌 힘을 금방 발견할 수 있었는데, 프랑스어의 운율 전통은 그것을 좋아하지 않지요. 시간에 대한 너무나도 강렬한 귀 기울임이기 때문입니다. 그것은 마치 절뚝거림이나 불안 가운데 시간을 사는 것과도 같습니다. 하지만 그것 역시 귀족증서를 갖고 있으니, 마르슬린 데보르드-발모르의 「간헐적인 꿈」,[2] 베를렌[3]의 「사랑의 죄」, 랭보의 「미셸과 크리스틴」이 그것입니다.

그러나 보세요. 운율에 대한 주의는 연출에 대한 시선이기도 합니다. 운율에 집중하면 말에서 이루어지는 것을 강조하게 됩니다. 그것은 귀 기울임을 요구하는 것이고, 온갖 장치보다 헐벗거나 거의 헐벗은 무대를 선호하는 것이며, 특히 텍스트를 지탱하거나 텍스트에 추가된 배우들의 몸짓, 다시 말해 무슨 이유에서인지는 알 수 없으나 요즘 그토록 자주 보게 되는, 무대 좌우로 뛰어다니는 남녀들의 온갖 소란을 거부하는 것입니다. 그들은 때로 단지 말하기만 해야 하는 상황에서 부

---

2 마르슬린 데보르드-발모르(Marceline Desbordes-Valmore, 1786~1859)는 프랑스의 시인이다.

3 폴 베를렌(Paul Verlaine, 1844~1896)은 프랑스의 시인이다.

르짖기까지 하지요. 저는 셰익스피어 역시 같은 생각이었을 것이라고 확신합니다. 글로브 극장[4]의 무대는 거의 텅 비어 있었어요.

다르주 어떻게 텍스트의 질료 자체, 곧 단어, 운율, 리듬, 호흡에 대한 작업이, 셰익스피어의 연극 기획의 핵심이 바로 시("진실의 말", 세계의 파악으로서의 시)라는 확신으로 당신을 이끌었나요?

본푸아 그 확신을 저는 첫 만남 때부터 갖고 있었습니다. 제가 방금 전에 마땅히 그래야만 한다고 말했지만, 셰익스피어의 위대한 텍스트들은 많게 적게 하나의 귀 기울임입니다. 심지어 『햄릿』과 『맥베스』의 공연(이렇게 공연이라고 말하지요)을 관람할 때조차 그러합니다. 따라서 저로서는 (정말입니다) 완전한 어둠이 무대와 객석을 뒤덮는 게 더없이 자연스럽습니다. 아무것도 보이지 않겠지만, 어둠 속에서 텍스트 속 단어들의 호흡을 더 잘 듣고, 더 잘 포착할 수 있을 것이기 때문입니다. 한데 제 작업으로 엿보게 된 것은 작품들이 명백하게 지니고 있는 시 그 자체보다, 이러한 시가 엘리자베스 세기에 시편들

---

4 글로브 극장(Globe theatre)은 1598년 버비지 형제가 런던의 템스 강 남쪽 사우스 워크에 지은 극장으로, 셰익스피어의 작품이 다수 초연된 극장으로 알려져 있다.

햄릿의 망설임과 셰익스피어의 결단

이라고 하는 시대적 처소를 떠나, 다시 말해 바깥을 망각하고 상투어에 헌신하는 고정된 형태들로 철옹성을 두른 자리를 떠나 셰익스피어에게로 와서 그와 함께 살면서 깊이와 진실에서 승리하기에 이른 방식, 바로 그것입니다. 이것은 제가 특히 비극을, 그리고 또 시를 번역할 때 했던 생각이며, 제가 셰익스피어가 쓴 소네트들로 인해 놀란 것은 그토록 당혹스러운 양상들 때문입니다. 수와 리듬에서 태어나는 시는 이 수가 스스로에게 갇히지 않도록, 또 시가 단순한 미적 대상이 되지 않도록 해야 하는 의무를 갖고 있다는 점을, 셰익스피어가 이해했다고 저는 생각합니다. 그리고 말에서 형태가 구원받고 살게 해줄 수 있는 최상의 것은 다양한 주인공, 대립, 예상할 수 없고 통제할 수 없는 상황들을 담은 연극이라는 것을, 그 자신이 결단했다고 생각합니다. 셰익스피어는 십중팔구 이러한 경험을 위해 시도된 소네트 쓰기를 통해 숙고했고, 다시 한 번, 그리고 그 어느 때보다 더욱 연극에 전념하기로 선택했습니다. 바로 『율리우스 카이사르』와 이어서 『햄릿』을 쓸 무렵의 일입니다. 『오셀로』에서부터 『겨울 이야기』와 『템페스트』에 이르는 주요 작품들이 연이어 빛을 본 것은 그 뒤입니다.

다르주 셰익스피어 번역 작업은 시인으로서의 고유한 탐색, 다시 말해 개념적 사유에 반해 실재의 내재성을 향해 온통 당겨진 세계 내 존재에 대한 작업과 어떻게 연결되었나요? 둘은 어떻게 서로 양분을 주고받으며 "부질없는 문학에 불과한 허위의 시에서 벗어났"나요?

본푸아 어려운 문제입니다. 왜냐하면 저는 당신이 제 작업이라고 부르는 것을 통제하지 못하기 때문입니다. 저는 시에 대한 생각을 갖고 있습니다. 하지만 그것은 작업에서 일어나는 것을 결코 포함하지도 않고, 실제로 밝혀주지도 않습니다. 한편으로 제가 방금 말한 셰익스피어의 시에 대한 관심이 있는데, 완전히 "실존적인" 이 시는 저로 하여금 제 운율을 수정하면서 저 자신과의 관계를 수정하게 했고, 직접성과 충만한 세계 내 현존의 욕망을 고쳐했습니다. 물론 저는 그 전부터 이미 이러한 욕망을 갖고 있었는데, 셰익스피어에 대한 맨 처음의 관심이 다른 데서 오지 않기 때문입니다. 다른 한편으로 저는 번역을 하면서, 다시 말해 비극이나 이런저런 희극이나 역사극을 아주 가까이에서 한 단어 한 단어 검토하면서, 삶에 대해 그리고 또 시에 대해 많은 것을 배웠습니다. 작품을 번역할 때마다 저는 그에 대한 에세이(제가 단행본으로 엮은 서문들 말입니다)를 썼는데, 제가 그렇게 분석을 시도한 것은 그것이, 말하자면 제게 도움이 되었기 때문입니다. 다시 말해 작품들이 자기들에게 귀 기울이기를 원하는 이에게 아낌없이 주는 것을 정리하고, 또 그것에 대해 성찰하게 해주었기 때문입니다. 『오셀로』나 『템페스트』를 번역하면서 몇 달을 보내고 난 사람이 이전과 똑같을 수는 없습니다.

다르주 선생님의 『햄릿』 분석은 1988년 파트리스 셰로가 획기적인 연출을 하는 원천이 되었지요. 제라르 데자르트Gérard Desarthe가 주인공을 맡았고요. 선생님께 강한 인상을 남긴 셰익스피어 연출에는 어떤 것들이 있습니까?

본푸아 제 『햄릿』 읽기가 파트리스 셰로의 연출에 영향을 미쳤는지는 모르겠습니다. 셰로는 작품들을 숙고하길 좋아했고, 거기에 시간을 투자했지요. 그를 잃어버린 지금, 교황청에서 『햄릿』을 공연하기로 결정하기에 앞서 작품을, 다시 말해 원문과 번역을 한 단어 한 단어 읽으면서 보낸 시간들을 감동과 함께 회상하게 되는군요. 그는 제 프랑스어 번역을 읽으면서 자신이 수립한 의미가 문제되는 모든 대목에서 멈추곤 했습니다. 그렇게 해서 저는 이 공동 작업을 통해 제 번역에서 수정해야 할 부분을 족히 스물네 군데 찾아냈습니다. 그의 생각이 옳았기 때문이지요. 그리고 난 뒤에 저는 그의 창조적인 공연을 보고 못잖게 놀랐습니다. 예컨대 안장 위에 죽은 왕을 태우고 무대 위로 뛰어나오는 검은 말은 가히 천재적입니다. 파트리스가 죽었을 때, 우리는 그가 공연을 준비하고 있었던 『뜻대로 하세요』를 가지고 같은 방식의 읽기를 수행하고 있었습니다. 질문에 답을 하자면, 이 기억들은 제가 본 다른 셰익스피어들을 명료하게 생각하지 못하도록 방해합니다. 그것들은 사실 그리 많지도 않습니다. 저는 현재 리옹에서 공연되고 있는 아직 보지 못한 『리어 왕』에 큰 기대를 걸고 있습니다. 저는 로열 셰익스피어 컴퍼니의 매우 성실한 기획을 열렬히 좋아했는데, 비밀스럽고 공포스러우면서 잊을 수 없는 이아고와 함께 작품을 온전히 전달했기 때문이지요.

저는 최근에 행위의 세부 내용은 따라가지 못한 채, 그저 매료된 상태에서 러시아어로 공연된 『리어 왕』을 보았습니다. 주인공을 맡은 배우가 아주 뛰어나더군요. 하지만 저는 지금 텔레비전이나 영화를 위한 연출에 대해 말하고 있군요. 이들 연출에서 극장 칸막이의 제한을 받지 않는 열린 지평은 셰익스피어가 예견할 수 없었던 문제를 제기합니다. 그러나 그는 이 문제에 대해 성찰하기를 좋아했을 것입니다. 확신해요. 그것은 작품을 드넓은 현실에, 다시 말해 커다란 공간, 군중, 그리고 작품들이 전념하는 것과는 다른 사건들의 세계에 대립시키는 문제입니다. 저는 방금 전에 셰익스피어의 작품이 헐벗은 무대 위에서 말해질 수 있는 하나의 말일 뿐이라고, 단어들 안에서, 그리고 그 단어들을 통해 충족되는 하나의 발언일 뿐이라고 말했습니다. 이 사실은 그것을 세계의 원경과 관계 짓는 데서 일체의 관심을 거두는 것처럼 보일 수 있습니다. 그러나 아닙니다. 사실은 정반대예요. 왜냐하면 그러한 말이 성찰의 범위에 포함시키는 것은 존재하는 모든 것, 살아 있는 모든 것이기 때문입니다. 설사 가까운 사물들로 가득 찬 무대적 표현의 활용을 벗어날 수 없다고 하더라도 그것은 이 세계에서 일어나는 모든 것, 이 세계의 관례, 존재들이 살아가는 방식에 의해 관련됨을 본능적으로 느낍니다. 낙타나 족제비의 형태를 지닌 구름을 바라보거나 "훌륭한 구조물", 곧 지상에서 폐허를 보는 햄릿을 생각해보세요. 만약에 제가 셰익스피어 작품의 연출자라면 무대를 장식하는 방식에는 관심을 두지 않을 것입니다. 저는 배우, 사건들과 함께 작품을 비 맞는 군중들 한가운데가 아니면 산으로 옮겨놓고 싶습니다. 거기에서는 소음에 눌리고 바람에 휩쓸리는 말이 깊이 속에서 더욱 잘 들릴 것입니다. 앞서 어둠 속에서 공연되는 『햄릿』에 대해서 말했지요. 관객들은 거기서 오로지 목소리만 지각할 테고 배우들은 심지어 서로를 보지도 못할 것입니다. 이것은 벌써 매우 확장된 무대의 개념입니다. 어둠은 별들 사이를 지배하는 어둠인 까닭입니다. 또한 햄릿이 부단히 성찰의 대상으로 삼는 비존재인 까닭입니다.

227
어둠 속에서 햄릿 연기하기

다르주　"존재냐, 비존재냐To be or not to be" 말입니까?

본푸아　그래요. 그것은 모든 시가 다른 사람들을 향해 그리고 자신을 향해 제기하는 질문이지요. 나는 존재하길 원하는가, 아니면 원하지 않는가, 이것은 반드시 해야만 하는 결단입니다. 『햄릿』의 핵심에 위치한 "존재냐, 비존재냐"의 질문 가운데 셰익스피어는, 서로 혼동되는 연극과 시가 세계에 폭과 존재를 부여하는 지점을 향해 나아갑니다.

텍스트의 출처

- **1~3장**

  미간행 작품

- **셰익스피어에게 보내는 편지**

  Dominique Goy-Blanquet(ed.). 2014. *Lettres à Shakespeare*. Vincennes: Éditions Thierry Marchaisse.

- **셰익스피어의 목소리**

  Arnaud Bernadet and Philippe Payen de la Garanderie(eds.). 2014. *Traduire-écrire: cultures, poétiques, anthropologie*. "Hamlet, c'est comme une vaste montagne dont on peut parcourir librement les pentes (un entretien avec Stéphanie Roesler)." Lyon: ENS Éditions. http://books.openedition.org/enseditions/4072

- **어둠 속에서 햄릿 연기하기**

  Fabienne Darge. 2014.4.18. "Yves Bonnefoy: 'Il faudrait jouer Shakespeare dans le noir'." *Le Monde*.

1

우리는 인간조건 속에서, 지금 여기에서 우리에게 주어진 실존을 산다. 콘크리트, 아스팔트, 잔디, 흙으로 이루어진 지면 위를 걸어가며 나무와 꽃을 보고, 햇볕을 받거나 바람을 맞으며 다른 사람들과 만나고 대화하고 일한다. 이 몸짓과 행위의 대부분은 우선 직접적이고 충만한 방식으로 이루어지는 듯 보인다.

그러나 우리가 살아가는 세계는 실상 대단히 복합적이다. 우리가 접촉하고 지각하고 사는 지면, 나무와 꽃, 햇볕과 바람, 그리고 사람들 사이의 관계는 무수하고 다양한 차원과 층위의 요소들로 이루어져 있어서 그것들에 대한 총체적이고 남김 없는 묘사와 설명은 결코 가능하지 않다. 따라서 그것들을 파악하고 활용하기 위해서는 하나의 입장과 시각을 선택한 뒤 일정하게 검증된 일련의 개념들을 동원해 그것들을 추상화하고 이해와 조작이 용이한 대상으로 만들어 현재 통용되고 있는 질서와 가치의 체계에 편입시켜야 한다. 개념과 가치의 체계는 그렇듯 사회적 필요에 근거한 것이다. 하지만 문제는 지배 이데올로기로, 법으로 작용하기 마련인 개념과 가치의 체계가 직접적 삶과 직관으로부터 유리되어 삶과 생명 고유의 끊임없는 생성으로부터 멀어지며 종내에는 소박한 실존 속의 삶 자체를 억압하기에 이를 수 있다는 점이다.

이브 본푸아의『햄릿』읽기에서 추상과 개념에 의해 경화된 허상의 가치체계와, 그가 '시'라는 말로 요약하는 유한하고 직접적인 삶 사이의 대립은 골간을 이룬다.『햄릿』의 배경으로, 어두운 밤에 유령을 기다리는 성의 망루의 모습으로 처음 나타나는 엘시노어에서는 이러한 대립이 다양한 형태를 취한다. 그것은 우선 아버지 햄릿과 아들 햄릿이 추구하는 서로 다른 가치의 대결로 나타난다. 무구를 걸치고 복수를 요구하는 아버지가 원초적 힘과 물리적 권력이 핵심적 가치로 작용하는 중세적 인간을 대변한다면, 복수의 맹세에도 불구하고 자기 아버지에게 거리를 취하는 아들은 분명 새로운 가치를 찾는 인물이다. 엘시노어는 이렇게 옛것과 새것이 부딪치는 과도기적 공간으로 나타나는데, 이와 같은 상황에서 다시 두 가지 상반된 태도가 대립한다. 하나는 현재의 질서를 신뢰하며 그것에 자신의 행위와 생각을 일치시키는 태도로서 폴로니어스와 그의 아들 레어티즈의 태도가 대표적이다. 이들의 맞은편에는 현실이 거짓과 허상에 불과하다고 생각하는 사람들이 있다. 이들은 다시 두 부류로 나뉘는데, 타락한 현실을 결코 믿지는 않지만 그것의 지속에서 자신의 이익을 끌어내는 클로디어스가 한 부류에 속하고, 현실을 거부하며 그것을 대체할 진정한 삶과 가치 쪽을 바라보는 오필리어와 햄릿이 다른 부류에 속한다. 하지만 오필리어와 햄릿 또한 대립하니, 햄릿이 생각과 실천 사이에서 망설이는 인물이라면, 오필리어는 진정한 삶, 그리고 시를 구현하는 인물이다. 본푸아는 오필리어에게서 "우리 안에 환원할 수 없는 시의 필요가 있음을 나타내는 분명한 증거"를 보며, 그녀가 꽃을 나누어주며 노래하는 대목에서 "보편적 시의 최고봉"을 발견한다.

　햄릿은 자기와 같은 쪽에 위치하지 않는 거의 모든 인물들과 대립한다. 폴로니어스와 레어티즈를 죽이고, 클로디어스를 경멸한다. 그는 심지어 아버지조차 "늙은 두더지", "지하의 친구"라고 부르며 대립의 양상을 보인다. 오필리어의 경우에도 거리를 두기는 마찬가지이지만 그녀는 햄릿과 동일한 지향을 갖고 있다는 사실을 생각해야 한다. 햄릿의 어머니 거트루드는 여러 취약한 면모에도 불구하고 파괴된 오필리어에 대해 보이는 연민과 공감을 통해 그 옆자리를 얻는다. 이러한 관계의 얽힘 속에서 햄릿이 겪게 되는, 또는 작품 자체가 보여주는 비극은 그의 망설임에서부터 온다. 햄릿은 그가 온몸으로 거부하는 타락한 현실과, 그의 존재가 예감하고 지향하는 진정한 삶 사이에서 끊임없이 망설일 뿐 아니라, 시냇가에서 꺾은 꽃들로 화환을 엮듯이 현존, 실체, 본질로써 소박하고 유한하되 참되게 아름다운 시간을 열고자 하는 오필리어를 파괴하기에 이른다. 그는 결단하지 못한다.

본푸아가 보기에 결단을 내리는 이는 작품의 바깥에 있으니, 그는 바로 저자 셰익스피어이다. 이 결단의 실마리는, 연극 속의 연극으로 배치되어 있으며, 트로이의 늙은 왕비 헤카베가 잔인하게 희생되는 프리아모스를 향해 고통과 연민의 외침을 던지는 「프리아모스의 죽음」에 위치한다. 이 연극 속의 연극과 관련해 본푸아는 하나의 가설을 제안한다. 그는 경력 초기에 런던 "연극 무대의 미궁"을 떠돌다가 어느 날 저녁 "평범한 극장, 우연히 맞닥뜨린 극장에서" 이 작품을 본 젊은 셰익스피어를 상상한다. 중요한 것은 셰익스피어가 본 이 무대가 "의미의 현현을 포착한 …… 실존의 한 순간"으로 다가왔다는 점, 그리고 이 충격의 기억이 한동안 잠복해 있다가 『햄릿』 속에 다시 솟아올랐다는 점이다. 하지만 문제는 망설이는 햄릿이 헤카베의 외침이 표상하는 시와 그것이 말하는 삶의 진실을 짊어지지 못한다는 사실이다. 자신이 초청한 배우들이 이 작품을 암기하고 있는 만큼 클로디어스 앞에서 공연할 수 있었음에도 다른 작품을 공연하는 것이 그 증거이다. 결국 이러한 햄릿을 대신해서 작품 속으로 들어가 결단하는 것은 셰익스피어이다. 장황한 까닭에 햄릿이 설파하는 절도의 개념에 부합하지 않는데다가 우아하지도 않고 분량도 상당한 이 모호한 시구들, 하지만 개념적 사고와 형태에 억눌리지 않고 "깊이 잠든 감정을 소생시키"는 이 시구들을 작품에서 "행위가 새로운 흐름에 접어드는 바로 그 대목"에 배치한 것은 햄릿이 아니라 셰익스피어 자신이라는 것이다. 그는 "눈에 보이지는 않지만 본질적인 방식으로 작품 속에 들어가, 차라리 작가에게나 어울릴 법한 잉크 빛 외투를 걸친 주인공과 한 몸이 된다." 셰익스피어는 그렇게 햄릿을 떨치고 햄릿보다 더 멀리 나아간다. "삶을 질문하기 위해", 그리고 랭보의 표현에 따르면 "삶을 바꾸기"를 희망하기 위해. 본푸아의 눈에 햄릿의 망설임과 구별되는 셰익스피어의 결단은 "글쓰기 가운데, 완성되는 비극 속 망설이는 햄릿의 자리를 차지하고, 거기서 어제의 비극이 몸부림치는 모든 재현과 가치의 체계를 문제 삼는 것", 다시 말해 추상, 개념,

234
햄릿의 망설임과 셰익스피어의 결단

형이상학의 낡고 억압적인 틀을 버리고 유한성의 바탕 위에서 현존, 직관 그리고 진정한 삶과 시가 펼쳐지는 자리로 나아가는 것을 가리킨다.

2

본푸아가 이 책의 서두에서 햄릿의 번민과 망설임을 현재의 질서와 가치체계에 대한 문제제기로 보고 새로운 돌파구의 탐색을 상기시키는 것은 대단히 인상적이다. 『햄릿』과 더불어 독자는 인간과 세계, 재현과 가치의 근본적인 문제 한가운데로 곧장 들어갈 것을 직감하기 때문이다. 『햄릿』에 대한 본푸아의 견해와 관련해 다음의 세 가지를 주목할 수 있을 듯싶다.

먼저 본푸아는 『햄릿』이라는 작품을, 세상으로부터 유리된 예술가의 작업실에서 오랜 숙성과 절차탁마의 과정을 거쳐 만들어진 작품으로 보지 않는다. 「셰익스피어에게 보내는 편지」에서 그는 이렇게 말한다. "아! 눈에 선하군요. 당신은 그렇게, 그리고 다행스럽게 직관적입니다. 당신은 조금 있다가 돈이나 모험을 찾아 도시를 뛰어다닐 것처럼 텍스트를 가로질러 달립니다. 당신은 대사, 공포, 호소, 독백을 날림으로 …… 해치움니다. 왜냐하면 이미 형성된 생각에 따라잡히지 않으려면 빨리 해야 한다는 것을 당신은 어렴풋이 …… 느끼기 때문입니다. 나는, 당신이 『햄릿』을 불과 며칠 만에 썼다고 생각합니다. 당신은 내 말을 부인하지 않을 것입니다." 위대한 걸작 『햄릿』이 지난한 창작과정의 산물이 아니라, 도시와 무대 사이를 쉼 없이 뛰어다니는 세찬 혈기의 천재가 빠른 직관으로 분출해 낸 작품이라는 것이다. 이성으로 설명되지 않는 예술작품의 아이러니가 아닐 수 없다.

본푸아는 또한 『햄릿』에서 인간의 근본적인 차원을 극화하고 있는 작품을 본다. 햄릿이라는 인물에게서는 "그가 자신과 맺는 관계가 인간조건 전부를 문제 삼고 있기 때문"에 그의 "모든 것이 본질적"인 양상을 띠고 나타난다고 그는 말한다. 여기에 더해 본푸아는 햄릿이 "자기 체험을 수행하는 방식"에 각별한 관심을 갖는데, 스테파니 로슬레와의 대담에서 이런 말을 한다. "이 체험은 그가 이해하고 표현하는 지식이 아닙니다. 그것은, 그가 말하는 바로 그 순간에 수행하는 발견입니다. 바로 여기서부터 망설임, 되풀이가 오고, 이것들은, 셰익스피어 역시, 햄릿이 누구인지, 그리고 글을 쓰는 순간에 그를 통해 자신이 무엇을 찾는지 발견하고 있다는 느낌을 줍니다. 작품의 현대성을 이루는 이 실존적 더듬거림이 바로 가장 강하게 제 주의를 끈 것입니다." 인간의 본질적인 차원을 영원하고 보편적인 아름다움이나 형태가 아니라 망설이고 되풀이하는 인물의 "실존적 더듬거림" 속에 놓는 작품, 그리고 작품의 이렇듯 현대적인 측면에 주목하는 독서는 의미가 깊다고 하겠다.

마지막으로 본푸아에 따르면『햄릿』은 셰익스피어의 세계에서 새로운 지평을 여는 작품이다. 그는 "세계 내 존재의 호흡"을 구현하기에 적합한 단장 오보격 운율의 적극적 활용이『햄릿』의 시기부터 시작되며 리듬, 곧 "정신에 대한 육체의 작업"을 일신하는 점에 주목한다. 단장격 운율은 아리스토텔레스가『시학』에서 이미 구어와 대화에 어울리는 리듬으로 규정한 바 있는데, 본푸아 역시 단장격 운율의 "유연성"을 지적하며, 그것이 유한적 존재인 인간의 구체적 실존을 극화하고 이를 통해 진정한 삶의 시의 지평을 여는 데 결정적인 역할을 수행할 수 있다고 말한다. 이렇게『햄릿』의 대사에 활용된 단장 오보격 운율은 그에 앞선 소네트의 고정된 운율보다 더 자연스럽고 구체적인 방식으로, 그리고 실존의 상황을 눈앞에 제시하는 연극은 열네 행의 소네트 시편보다 더 심오한 방식으로 삶의 본질과 시를 보여주며, 바로 이러한 새로운 리듬과 글쓰기를 통해 셰익스피어는『겨울 이야기』와『템페스트』로 이어지는 작품의 새로운 국면을 열고 있다는 것이다.

물론『햄릿』에 대해서는 이밖에도 많은 중요한 이야기를 할 수 있음은 따로 말할 필요가 없을 것이다.

3

디드로의『라모의 조카』를 번역하는 괴테, 에드거 포의 작품을 번역하는 보들레르, 러스킨을 번역하는 프루스트 등, 다른 작가의 작품을 자기 나라 말로 옮기는 대가의 예는 많거니와, 셰익스피어를 프랑스어로 옮기는 이브 본푸아는 20세기의 주목할 만한 사례를 이룬다고 말할 수 있다. 본푸아는 셰익스피어 작품의 번역자이기에 앞서 현대 프랑스 시를 대표하는 시인 가운데 한 사람인 까닭이다. 우리나라에서만도 이미 두 권의 시집이 번역되어 있으며, 다수의 학술논문이 발표되었고, 학위 논문 수편의 주제로 채택되기도 했다는 사실을 생각하면 그의 문학적 비중을 쉽게 가늠할 수 있다.

방금 열거한 이름 높은 번역자들에게서 번역이 그들의 작품과 어떤 관계를 맺고 있는지는 여기서 논할 문제가 아니지만, 분명한 것은 본푸아에게서 시 창작과 셰익스피어 번역이 대단히 긴밀한 관계를 맺고 있다는 사실이다. 그의 첫 시집『두브의 움직임과 부동성에 대해』가 나온 것이 1953년이라면, 『햄릿』을 번역하기 시작한 것은 1954년이고, 이후 1957년에서 1960년에 이르는 기간에 『햄릿』을 비롯해 『헨리 4세』, 『율리우스 카이사르』, 『겨울 이야기』 등, 그의 중요한 셰익스피어 번역이 출간되었다. 시인으로서의 활동과 셰익스피어 번역자로서의 활동이 거의 같은 시기에 시작된 것이다. 그는 로슬레와의 대담에서 "1950년대 중반에 제가 『햄릿』을 번역했을 때, 수많은 주저와 회의의 지진계라고 할 수 있는 『사막을 지배하는 어제』를 쓰고 있었다면, 그리고 『겨울 이야기』 번역이 이 책에서 『글이 쓰인 돌』로의 이행, 다시 말해 제가 하나의 변모로 겪었던 이행과 같은 시기에 위치한다면, 그것은 물론 우연이 아닙니다"라고 말하면서 "셰익스피어의 작품을 인생의 아무 순간에나 번역할 수는 없다"는 사실을 밝힌다. 그에 따르면 "우리는 번역할 작품들을 그때그때 우리가 어떤 상태에 있는가에 따라 선택"하고, "반대로 이러한 번역들은 때때로 우리가 변화하는 것을 크게 도울 수 있"다는 것이다. 그는 자신의 셰익스피어 번역을 어느 "한순간의 기분보다는 …… 삶의 전체 기간, 그리고 그동안 지속적으로 중요했던 것"과 관련지으며, 그것을 "시에 대한 생각들"과 연결한다. 본푸아는 또한 『뜻대로 하세요』의 번역을 아리오스토의 독서와 연결 짓는데, 번역이라는 정신적 작업과 창작이라는 또 다른 정신적 작업이 얼마나 긴밀하고도 창조적인 상호영향을 주고받는가를 보여주는 증언이 아닐 수 없다.

이 책은 그야말로 본푸아 평생에 걸친 『햄릿』 성찰을 집약하고 있다고 말할 수 있다. 본푸아는 『햄릿』 번역을 다섯 차례나 수정했고, 도처에서 그것에 대해 이야기했거니와, 이 책은 그가 타계하기 한 해 전에 펴낸 것으로 『햄릿』만을 다룬 단행본의 유일한 경우이다. 본푸아는 이 책에서 형태, 추상, 개념, 담론, 이데올로기, 형이상학에 의해 구축되는, 경화와 죽음을 부르는 틀에 맞서 유한한 실존 속의 현존과 직관, 그리고 시의 가치를 말하는 데 역점을 둔다. 그런데 이렇듯 『햄릿』을 읽으며 본푸아가 표명하는 입장은 고스란히 그의 시, 그러니까 프랑스 시의 전통에서 보들레르, 랭보 그리고 초현실주의를 계승하고 발전시키려 했던 그의 시가 지향하는 바이기도 하다.

스테파니 로슬레와 행한 대담의 제목이 채택한 단어 '목소리'는 본푸아의 시 세계의 핵심을 점하고 있는 대단히 중요한 모티프이다. 그는 말한다. "저자의 목소리, 그것은 그가 자기와 세계에 대해 갖는 불가피하게 추상적인 관념이 그의 말에서 질식시키지 못한 것입니다. 그것은 따라서 사유의 표명에 맞서, 이 순간에도 여전히, 그리고 아마도 영영 충족되지 못할 하나의 요구, 하나의 불안, 하나의 열기를 대립시킵니다. 문체는 담론의 존재 양식이고 그것과 한 몸이 되지요. 목소리는 담론에서는 식별되지 않는 것이고, 도리어 담론의 그물눈을 통해 보이는 것입니다. 목소리는 시에서 말의 몸을 이루지요. 시의 자리는 텍스트보다 목소리입니다." 본푸아에게 목소리는 그야말로 시의 가장 본질적인 부분이라고 할 텐데, 그는 조금 뒤에 또 이렇게 말한다. "『햄릿』보다 더 명백하게 하나의 목소리인 연극 작품은 존재하지 않으며, 마땅히 이 척도에 맞추어 작품의 번역자들을 평가해야 합니다. 하지만 목소리에 충실하기 위해 그들은 어떻게 해야 할까요? 다시 한 번 스스로를 향해 깨어나야만 합니다. 그들의 작업의 장과 지평은 그들의 실존 전체입니다. 이는 그들의 『햄릿』 번역이, 일의 여백에 위치하는 나머지 실존과 응집하게 합니다. 『햄릿』 번역은 종이와 잉크를 갖고 하는 게 아니라 일상적 실존의 토양을 많게 적게 깊이 휘저으면서 합니다." 본푸아 자신이 셰익스피어 번역을, 그중에서도 특히 『햄릿』 번역을 얼마나 치열하게 접근했는가를 고백하는 말이다. 결국 유한한 존재일 수밖에 없는 한 시인이 자신에게 주어진 삶을 살아가며 그보다 앞선 시인과 어떻게 교감했는지, 그리고 이 교감의 물꼬를 어떻게 스스로의 창조적 활동으로 돌렸는지, 또 이 과정에서 번역이 어떤 역할을 했는지, 이 책은 진지하고도 솔직하게 말하고 있는 것이다.

4

세익스피어와 『햄릿』에 대해 제대로 아는 게 없는 상태에서 이 책을 번역하겠다고 나선 것은 확실히 성급한 일이었다. 도처에서 다양한 어려움에 직면해야만 했다. 그런 만큼 이 자리에 「옮긴이 후기」라는 이름으로 붙이고 있는 글은 그저 이 책에 대한 거친 요약이자 옮긴이 나름의 정리일 수밖에 없다.

번역하는 내내 후회가 없지 않았다. 그러나 이참에 『햄릿』을 정독하고, 그동안 캘리번이라는 이름을 여기저기서 만날 때마다 읽어야겠다고 생각했던 『템페스트』를 읽고, 오래간만에 세상을 가득 채우는 것 같은 충만한 순수와 밝음을 만끽하게 해준 『겨울 이야기』까지 알게 된 것은 큰 소득이 아닐 수 없다. 또한 중요한 시인인 본푸아의 진지한 시론을 읽어본 것도 큰 기쁨이었다. 번역이 책을 읽는 좋은 방법 가운데 하나인 것은 분명해 보인다.

『햄릿』의 영어 텍스트로는 *Four tragedies*(William Shakespeare, Penguin Books, 1994)와 *Hamlet*(William Shakespeare, iBooks)

을 사용했고, 한글 번역은 김재남(해누리, 2012), 이경식(문학동네, 2016), 최종철(민음사, 1998) 교수의 작업을 참조했다.

2017년 봄 충남대 연구실에서

송진석

지은이

이브 본푸아 *Yves Bonnefoy* (1923~2016)

1923년 프랑스 투르에서 태어나 푸아티에와 파리의 대학에서 수학, 철학, 미술사 등을 공부했다. 초현실주의 운동에 관심을 보였고, 1953년에 첫 시집 『두브의 움직임과 부동성에 대해』를 발표했으며, 이후 『사막을 지배하는 어제』, 『글이 쓰인 돌』, 『문턱의 현혹 속에서』, 『빛 없이 있던 것』, 『눈(雪)의 처음과 끝』, 『방황하는 삶』, 『굽은 판자들』 등의 시집을 내놓았다. 시 쓰기와 별도로, 1954년에 처음으로 셰익스피어 작품을 번역하기 시작해 1957년에서 1960년에 이르는 기간에 『햄릿』, 『헨리 4세』, 『율리우스 카이사르』, 『겨울 이야기』의 번역을 간행했고, 그 뒤 『리어 왕』, 『로미오와 줄리엣』, 『템페스트』 등 셰익스피어의 여러 희곡과 소네트들, 그리고 예이츠 등의 작품을 프랑스어로 옮겼다. 시와 미술에 대한 성찰을 그치지 않았고, 그 결과를 랭보, 보들레르, 셰익스피어, 예이츠, 자코메티 등에 대한 다수의 비평 에세이들에 담았다. 1979년부터 프로방스대학에서 부교수로 가르쳤고, 1981년에 콜레주 드 프랑스 교수가 되었으며 1993년에 퇴임했다. 생의 마지막까지, 삶을 경화시키는 개념, 추상, 형이상학에 맞서 현존, 직관 그리고 시의 가치를 말하며 시 쓰기와 비평, 그리고 번역을 멈추지 않았고, 2016년에 파리에서 영면했다.

옮긴이

송진석

서울대학교 불문과와 같은 학교 대학원을 졸업하고 프랑스 투르대학에서 「쥘리앙 그라크 작품에 나타난 건축 공간의 형태와 의미」로 박사학위를 받았다. 현재 충남대학교 불문과 교수로 재직하고 있으며, 그라크, 조르주 바타유, 레몽 루셀 그리고 프랑스어권 카리브 해 문학에 대한 논문들을 썼고, 『시르트의 바닷가』, 『검은 튤립』, 『카르멘』 등을 번역했다.

이브 본푸아의 저서

〈 시 〉

Du mouvement et de l'immobilité de Douve, 1953.
(국내 번역: 이건수, 『움직이는 말, 머무르는 몸』, 민음사, 2001)
Hier régnant désert, 1958.
Pierre écrite, 1964.
Dans le leurre du seuil, 1975.
Ce qui fut sans lumière, 1987.
(국내 번역: 한대균, 『빛 없이 있던 것』, 지식을만드는지식, 2011)
Début et fin de la neige, 1991.
La vie errante, 1993.
Keats et Leopardi, Mercure de France, 2001.
Le Coeur-espace 1945, 1961, Farrago, 2001.
Remarques sur l'horizon, Raynald Métraux, 2003.
La Longue Chaîne de l'ancre, Mercure de France, 2008.
Le Traité du pianiste et autres écrits anciens, Mercure de France, 2008.
Raturer outre, Galilée, 2010.
L'Heure présente, Mercure de France, 2011.
Je vois sans yeux et sans bouche je crie, 24 sonnets de Pétrarque, Galilée, 2012.
Le Digamma, Galilée, 2012.
L'Heure présente et autres textes, Gallimard, "Poésie", 2014.
La Grande Ourse, suivi de Dedans, dehors?, Galilée, 2015.
Les Planches courbes, Gallimard, "Poésie", 2015.

〈 산문 〉

L'Improbable, Mercure de France, 1959.
Arthur Rimbaud, Seuil, 1961.

Un rêve fait à Mantoue, Mercure de France, 1967.

Rome, 1630, Flammarion, 1970.

L'Arrière-Pays, Skira, 1972 (Gallimard, 1998).

Le Nuage rouge, Mercure de France, 1977.

Entretiens sur la poésie, Mercure de France, 1981.

Récits en rêve, Mercure de France, 1987.

La Vérité de parole, Mercure de France, 1988.

Alberto Giacometti, biographie d'une oeuvre, Flammarion, 1991.

Dessin, couleur et lumière, Mercure de France, 1995.

Théâtre et poésie: Shakespeare et Yeats, Mercure de France, 1998.

Lieux et destins de l'image. Un cours de poétique au Collège de France (1981~1993), Seuil, "La Librairie du XXIe siècle", 1999.

La Communauté des traducteurs, Presses universitaires de Strasbourg, 2000.

L'Enseignement et l'exemple de Leopardi, William Blake and Co., 2001.

Le Théâtre des enfants, récits, William Blake and Co., 2001.

André Breton à l'avant de soi, essais, Farrago, 2001.

Remarques sur le regard, essais, Calmann-Lévy, 2002.

Sous l'horizon du langage, essais, Mercure de France, 2002.

Le Poète et le "flot mouvant des multitudes", BNF, 2003.

Le Sommeil de personne, William Blake and Co., 2004.

Goya: les peintures noirs, William Blake and Co., 2006.

La Stratégie de l'enigme, Galilée, 2006.

Dans un débris de miroir, Galilée, 2006.

L'Imaginaire métaphysique, Seuil, "La Librairie du XXIe siècle", 2006.

Le Secret de la pénultième, Abstème et Bobance, 2006.

L'Alliance de la poésie et de la musique, Galilée, 2007.

Ce qui alarma Paul Celan, Galilée, 2007.

Le Grand Espace, Galilée, 2008.

Notre besoin de Rimbaud, Seuil, "La Librairie du XXIe siècle", 2009.

Deux Scènes, Galilée, 2009.

La Communauté des critiques, Presses universitaires de Strasbourg, 2010.

La Beauté dès le premier jour, William Blake and Co., 2010.

L'Inachevable, Albin Michel, 2010.

Le siècle où la parole a été victime, Mercure de France, 2010.

Le Lieu d'herbes, Galilée, 2010.

Sous le signe de Baudelaire, Gallimard, 2011.

Orlando furioso, guarito: de l'Arioste à Shakespeare, Mercure de France, 2012.

L'Autre Langue à portée de voix, Seuil, "La Librairie du XXIe siècle", 2013.

Portraits aux trois crayons, Galilée, 2013.

Le Graal sans la légende, Galilée, 2013.

Farhad Ostovani, Ed. des Cendres, 2013.

L'Heure présente, Gallimard, "Poésie", 2014.

Chemins ouvrant (en collaboration avec Gérard Titus-Carmel), L'Atelier contemporain, 2014.

Shakespeare. Théâtre et poésie, Gallimard, "Tel", 2014.

Poésie et photographie, Galilée, 2014.

Le Siècle de Baudelaire, Seuil, "La Librairie du XXIe siècle", 2014.

햄릿의 망설임과 셰익스피어의 결단
프랑스 시문학의 거목, 이브 본푸아가 바라본 햄릿 그리고 셰익스피어

지은이 **이브 본푸아** Ⅰ 옮긴이 **송진석**
펴낸이 **김종수** Ⅰ 펴낸곳 **한울엠플러스(주)** Ⅰ 편집 **허유진**

초판 1쇄 인쇄 **2017년 5월 25일**   초판 1쇄 발행 **2017년 6월 5일**

주소 **10881 경기도 파주시 광인사길 153 한울시소빌딩 3층**
전화 **031-955-0655** Ⅰ 팩스 **031-955-0656** Ⅰ 홈페이지 **www.hanulmplus.kr**
등록번호 **제406-2015-000143호**

Printed in Korea.
ISBN 978-89-460-6346-4 03840 (양장)
      978-89-460-6347-1 03840 (반양장)

* 책값은 겉표지에 표시되어 있습니다.